폴란드의 단편소설 두 편

선한 부인 & 전설

BONA SINJORINO & LEGENDO

엘리자 오제슈코바 지음
카지미에시 베인 에스페란토 번역
장정렬(Ombro) 옮김

선한 부인 & 전설

인 쇄 : 2024년 3월 25일 초판 1쇄
발 행 : 2024년 4월 5일 초판 1쇄
지은이 : 엘리자 오제슈코바 지음
  - 카지미에시 베인 에스페란토 번역
옮긴이 : 장정렬(Ombro)
펴낸이 : 오태영(Mateno)
출판사 : 진달래
신고 번호 : 제25100-2020-000085호
신고 일자 : 2020.10.29
주 소 : 서울시 구로구 부일로 985, 101호
전 화 : 02-2688-1561
팩 스 : 0504-200-1561
이메일 : 5morning@naver.com
인쇄소 : TECH D & P(마포구)

값 : 12,000원
ISBN : 979-11-93760-04-8(03890)

선한 부인 & 전설

BONA SINJORINO & LEGENDO

엘리자 오제슈코바 지음
카지미에시 베인 에스페란토 번역
장정렬(Ombro) 옮김

진달래 출판사

에스페란토판 정보

BONA SINJORINO
http://www.omnibus.se/inko
ISBN 91-7303-008-2
Novelo, Tradukis Kazimierz Bein.
[초판] Berlino: Möller & Borel, 1909. 51 paĝoj. (Esperanta Biblioteko Internacia 3.)
[재판] Berlino: Ellersiek & Borel, 1924. 56 paĝoj. (Esperanta Biblioteko Internacia 3.)
[3판] Varsovio: Pola Esperanto-Asocio, 1979.
[e-book] inko@omnibus.se INKO · SE-13542 TYRESÖ · SVEDIO.
http://www.omnibus.se/inko NOVEMBRO 2000
[4판] 2015년 GEO 출간
[5판] 2016년 Fonto 사에서 발간

LEGENDO. Tradukis Kazimierz Bein.
[초판] Pola Antologio. Parizo: Hachette, 1909. Paĝoj 44-46.
[재판] La lanternisto. Amsterdamo: Federacio de Laboristaj Esperantistoj, 1938. Paĝoj 110-112.

차　례

작가 소개

엘리자 오제슈코바(Eliza Orzeszkowa, 1841 ~ 1910)는 폴란드의 소설가이자 폴란드 실증주의 운동의 주요 작가. 1905년 헨리크 시엔키에비츠(Henryk Sienkiewicz)와 톨스토이(Lev Tolstoy)와 함께 노벨 문학상 후보(1905년 노벨문학상 수상자는 헨리크 시엔키에비치), 『마르타』를 비롯한 수십 편의 장단편 소설 발표

에스페란토 번역가 소개

카지미에시 베인(1872-1959). 필명은 카베, 에스페란토의 저명한 선구자, 폴란드의 안과 의사이자 사전 편집자, 번역가, 에스페란토 아카데미의 부회장 역임.

우리말 옮긴이 소개
장정렬 (Jang Jeong-Ryeol(Ombro))

1961년 창원에서 태어나 부산대학교 공과대학 기계공학과를 졸업하고, 1988년 한국외국어대학교 경영대학원 통상학과를 졸업했다. 1980년 에스페란토를 학습하기 시작했으며, 에스페란토 잡지 La Espero el Koreujo, TERanO, TERanidO 편집위원, 한국에스페란토청년회 회장을 역임했다. 거제대학교 초빙교수, 동부산대학교 외래 교수로 일했다. 현재 한국에스페란토협회 부산지부 회보 'TERanidO'의 편집장이다. 세계에스페란토협회 아동문학 '올해의 책' 선정 위원.

작가의 작품 세계[1]

　폴란드 문학은 고통스러운 상실을 맞았습니다. 엘리자 오제슈코바는 1910년 5월 18일에 별세했습니다.

　작가는 자신의 위대한 재능을 오직 조국과 조국을 위해 봉사하는 데에만 사용했으며, 그녀의 모든 작품은 가장 숭고하고 관대한 감정에서 영감을 받았습니다. 작가의 인상적인 지성과 따뜻한 마음은 현대의 모든 중요한 문제를 흡수하여 예술적 형식을 부여했습니다.

　생각의 지평이 넓어 오제슈코바는 폴란드 문학의 가장 큰 작가들과 어깨를 나란히 하며, 일류 작품들로 폴란드 문학을 풍부하게 만들었습니다. '기초에 충실하라'는 모토에 충실한 작가는 국민 생활을 치유하고 재강화하는 어렵고 부담스러운 과업을 짊어지는 이들 앞에 섰습니다. 그녀는 강력한 말로 계급과 종교적 편견, 가난한 사람들에 대한 착취를 없애보려고, 사회가 모든 권리를 거부하는 불행한 사람들의 끔찍한 운명을 개선해 보려고 했습니다. 그녀는 인간의 존엄성, 품성의 힘, 선함과 아름다움의 힘을 찬양했습니다.

　이 특별한 여성 작가의 삶에 대해 좀 더 알아보면, 작가는 1842년 폴란드 (오늘날 리투아니아) 그로드노Grodno 근처 민토브시치즈나Mintowszczyzna에서 부유한 지주의 딸로 태어났습니다. 17세 소녀였던 그녀는 부유하고 훨씬 나이 많은 지주인 표트르 오제스코(Pjotr Orzeszko)와 결혼했습니다. 결혼 생활은 완

---

1) <La Brita Esperantisto>(Numero 069), Septembro (1910) 자료에서 번역함.

전히 불행했고, 5년간 동거 끝에 오제슈코바는 1863년 정치 활동으로 인해 시베리아로 추방되었고, 다시 친정으로 돌아왔습니다. 나중에 그로드노로 이사하여 그곳에 바쁜 삶이 끝날 때까지 머물렀습니다.

오제슈코바의 첫 작품 『기근의 해의 그림』은 1866년에 발표했습니다. 이미 이 겸손한 소설은 미래의 위대한 작가가 가려고 하는 길을 드러냈습니다. 그 속에서 우리는 이미 작가로서의 재능과 사고방식의 주요 특징, 즉 인간의 불행에 대한 무한한 연민과 노동, 상속받지 못한 사회계급에 대한 사랑을 찾을 수 있습니다.

작가 마음을 사로잡은 두 번째 관점은 여성 문제였습니다. 약하고, 불운하고, 실제 삶의 장애물에 맞서 싸울 준비가 되지 않은 사람들을 낳은 것은 당시 근대 교육의, 결함 있는 시스템에 있다고 보고, 작가는 용감하고 놀라울 정도로 신중하게 동포들에게 그러한 결점과 실수의 거울을 제시하기 시작해, 여성의 권리와 의무, 사회적 지위에 관한 호소를 동시에 발전해 갔습니다.

작가는 소설 『마르타(Marta)』, 『바클라바 기념서』, 『그라바 부인』 등에서 이러한 견해를 표현했습니다. 문제에 대한 깊은 이해, 신랄한 아이러니, 유형에 대한 뛰어난 특성화로 구별되는 이 작품들은 큰 사회에 큰 관심을 불러일으키고, 작가 관심을 가장 넓은 범위에서 돌렸습니다.

작가의 글쓰기의 첫 번째 시기 이후, 그 경향은 예술성에 자리를 내주었고, 두 번째 시기인 히브리어 문제를 연구하는 단계로 이어졌습니다. 작가는 영구 거주지인 그로드노에서 히브리인들의 도덕적, 물질적 비참함을 직접 눈으로 보았습니다. 작가는 그들의 극도로 독창적인 문화, 미신, 보수주의, 후진성에 충격을 받았습니다. 그러한 배경에서 그녀는 관찰의 힘, 감정의 깊이, 진실의 현실성으로 인해 탁월한 걸작으로 인식될만한, 일련의 장엄한 소설을 만들었습니다. 『Eli Makower』, 『Meir Ezofowicz』 또는 『힘센 삼손Samson』, 『Gedale』와 같은 단편 소설조차도 시인의 인간성, 이타주의, 고귀한 마음의 영원한 증인이 될 것입니다.

이 영역의 생각, 욕망, 문제, 이상의 별도 세계에서 오제슈코바는 사회의 다른 계층으로 이동하여 먼저 백러시아 마을 주민의 삶에 관심을 돌려 조국에 대한 사랑을 찬양했습니다.

그러나 작가는 리투아니아의 가난한 귀족을 소개하면서 소설계에서 그녀의 가장 큰 재능을 보였습니다. 그들은 이미지의 아름다움, 그림 같은 배경, 관찰의 선명도로 인해 폴란드 문학의 진정한 보석인 3권의 소설 『네만강 옆에서 Apud Niemen』으로 시작되었습니다.

별도의 카테고리에는 이상주의적 낙관주의가 침투한 매우 광범위한 사회적 주제를 다루는 작품인 『양극』, 『중단된 멜로디』 및 『Ad Astra』가 포함됩니다.

오제슈코바는 고대 세계에서도 낯선 사람이 아닙니다. 자신의 민족과 로마인 사이에서 선택을 망설이는 히브리 여인의 잔혹한 이야기인 『미르탈라』와, 리디아인과 페르시아인의 관계를 제시하는 『권력의 팬』은 남다른 학식과 고상한 예술적 형식을 보여줍니다. 작가의 마지막 작품은 1863년 폴란드 봉기의 불행한 사건을 다룬 단편소설집입니다.

폴란드 문학은 오제슈코바보다 더 훌륭하고 영광스러운 재능을 가지고 있지만, 그녀는 자신의 이상을 결코 배반하지 않았고, 자신의 주된 생각에 모든 힘을 쏟았으며, 그녀의 경향에도 불구하고, 모든 작품을 특징짓는 이타적인 사고방식이라는 영감을 주는 작품을 결코 해를 끼치지 않은 점에서 그들을 능가합니다.

오제슈코바의 탁월한 작품들은 모든 슬라브어뿐만 아니라 영어, 독일어, 프랑스어, 이탈리아어, 핀란드어 등으로 여러 번 번역되었습니다. 에스페란티스토들은 또한 작가의 문학에 걸맞게 장편소설 『마르타(Marta)』를 비롯하여, 단편소설 『중단된 멜로디 La Interrompita Kanto』, 『선한 부인(Bona sinjorino)』, 『A..B..C..』, 『전설Legendo』 같은 작품이 번역되어, 에스페란토 문학을 풍성하게 만들었습니다.

크라코프에서 **레온 로센스토츠크(Leon Rosenstock)**

BONA SINJORINO
선한 부인

Ĉapitro I

Je la mano kondukata de Janowa, la edzino de la masonisto, la etulo eniris en la belan salonon de sinjorino Evelino Krzycka. Timigita kaj ravita, ĝi trotetis per malgrandaj paŝoj sur la glitiga pargeto kaj estis preta — laŭ la cirkonstancoj — eksplodi per ploro aŭ per rido. Ĝiaj koralaj lipoj tremis kaj kuntiriĝis por ploro; la grandaj safiraj pupiloj brilis de miro kaj scivolo, la bele skulptitan frunton ĉirkaŭis densaj, densaj haroj de la koloro kaj brilo de malhela oro. Tio estis kvinjara knabino, tre bela. Apud la vastkorpa kaj forta virino, kiu kondukis ŝin, ŝi similis en sia perkala jupo, longa ĝis la tero, blankan papilion kun kunmetitaj flugiloj. Kelke da paŝoj de la sojlo ŝi ekstremis de teruro kaj jam malfermis la buŝon por laŭta krio, sed subite la sento de timo cedis al ĝoja impreso: vivege elŝirante sian manon el la dika mano de Janowa kaj sidiĝante sur la pargeto, ŝi komencis krii ridante kaj karese: Hundeto, hundeto! La unua renkonto, antaŭdiranta en la komenco katastrofon, ricevis tute amikan karakteron.

제1장 고아를 데려와 키우는 선한 부인

벽돌장이 아내 야노바 Janowa 손에 이끌려 온 어린아이가 에 벨리노 크시츠카 Evelino Krzycka 부인의 아름다운 거실에 들어 섰다. 아이는 겁에 질렸으나, 기뻐하며 미끄러운 바닥을 작은 발걸음으로 빠르게 달렸고 그 상황에 맞는 준비를 -눈물 흘리 거나 웃음을 보일 준비를- 마쳤다. 그 아이의 산홋빛 입술은 울 기 위해 떨리고 오므라들었다. 커다란 사파이어 눈동자는 경이 로움과 호기심으로 빛나고, 아름답게 조각된 이마는 짙은 금빛 의 두껍고 촘촘한 머리카락으로 둘러싸여 있다. 아이는 다섯 살 소녀였는데, 아주 예쁘다. 아이를 데려온 풍만한 체격의 강인한 여성 옆에서, 아이는 바닥까지 내려오는 퍼케일2) 천의 스커트를 입고 서니, 날개를 접은 흰나비를 연상케 했다. 문지방에서 몇 걸음 떨어진 곳에서 벌써 아이는 공포에 떨며 입을 열었다. 큰 소리로 울었다. 그런데 갑자기 두려움은 즐거운 인상으로 바뀌 었다. 야노바의 두꺼운 손에서 생생하게 자신의 손을 떼어내고 마룻바닥에 앉아, 아이는 울다가, 웃다가, 이젠 쓰다듬기 시작했 다.

"강아지네, 강아지야!"

처음에는 재앙을 예고했던 첫 만남은 완전히 친근한 상황으 로 바뀌었다.

---

2) *역주: 면으로 된 평직물의 하나. 인도나 프랑스에서 많이 생산되며, 올이 촘촘하고 부드러워 주로 침구용으로 사용된다

La malgranda grifono, kiu sin ĵetis al la enirantoj kun akra kaj pepanta bojado, haltis antaŭ la infano, sidanta sur la planko, kaj komencis ĝin rigardi per paro da nigraj, brilantaj, inteligentaj okuloj. La infano dronigis en ĝiaj haroj, blankaj kaj longaj, siajn malgrandajn, ruĝajn manetojn. Sed en la sama momento super la du estaĵoj, koniĝantaj unu kun la alia, haltis virino ĉirkaŭ kvardekjara, brunulino ankoraŭ bela, alta kaj nigre vestia.

La masonistino, klinita ĝis la planko, kisis ŝian blankan manon.

—Helka! Kial vi ne kisas la manon de la sinjorino! Oni rigardu ŝin! Ŝi ludas kun la hundo! Via sinjorina moŝto ne koleru! Ŝi estas ankoraŭ tiel malsaĝa!

Sed sinjorino Evelino tute ne intencis koleri. Kontraŭe, ŝiaj nigraj okuloj, plenaj de fajro kaj kora sentemo, kun admiro estis fiksitaj sur la vizaĝo de la infano, kiun Janowa levis al ŝi per sia dika mano. Helka havis nun larmojn en la safiraj pupiloj kaj per ambaŭ manoj sin tenis je la jupo de Janowa.

—Ni faris, via sinjorina moŝto, por la infano ĉion, kion ni povis, sed kompreneble ĉe malriĉaj homoj ŝi ne lernis la ĝentilecon⋯ Nur nun Dio donacas al la orfo⋯

—Orfo! — ripetis kortuŝite sinjorino Evelino kaj, klinita super la infano, volis kredeble preni ĝin sur la brakojn. Sed subite ŝi reiris. Esprimo de kompato aperis sur ŝia vizaĝo.

방금 들어선 사람들에게 날카롭고 짖으며, 달려들던 작은 덩치의 강아지 -털이 거친 그리퐁 종- 가 바닥에 앉은 아이 앞에 멈춰 서고는, 까맣고 빛나고 지적으로 보이는 한 쌍의 눈으로 아이를 바라보기 시작했다. 아이는 강아지의 길고 하얀 머리카락에 자신의 작고 빨간 손을 집어넣었다. 그러나 동시에 서로 사귐을 시작하는 두 생물 저위로, 40세쯤 된, 여전히 아름답고 키가 크고, 갈색 머리의 검은 옷을 입은, 집 안주인이 멈춰 섰다. 바닥에 몸을 굽힌 벽돌장이 아내가 그 집주인의 하얀 손에 키스했다:

"헬카 Helka! 넌 어서 이 부인 손에 키스해야지, 안 그래? 얘 봐라! 얘가 강아지와 놀고 있네! 부인, 화를 내지 마십시오! 쟤가 아직 아무것도 모르고, 너무 멍청해요!"

그러나 에벨리노 부인은 화낼 생각은 전혀 없다. 그와는 반대로, 마음의 감성이 가득 찬, 그 부인의 이글거리는 검은 눈은, 야노바가 두툼한 두 손으로 들어 올린 그 아이 얼굴을 내려다보며 감탄에 사로잡혀 있다. 이제 헬카의 사파이어 눈동자에 눈물이 고이고, 헬카는 자신의 양손으로 자신을 데려온 야노바 부인 옷자락을 잡았다.

"부인, 저희는 저 아이를 위해 할 수 있는 모든 일을 다 했어요. 하지만 물론 저 아이가 가난한 사람들 소에 커서, 아직 예절은 못 배웠네요. 이제야 하나님께서 고아에게 선물을 주셨습니다.

"고아라고요!" 에벨리노 부인은 감동적으로 반복했고, 아이에게 몸을 구부리며 그 아이를 팔에 안고 싶다. 그런데 갑자기 그녀가 물러났다. 그녀 얼굴에 불쌍한 표정이 떠올랐다.

—Mizera! Kiel ŝi estas vestita! — ekkriis ŝi — la jupo longa ĝis la tero⋯ Ŝi ekridis.

—Kia dika ĉemizo! Kaj la haroj!⋯ Ŝi havas belegajn harojn, sed ĉu oni plektas la harojn de tia infano!⋯ Kiaj dikaj ŝuetoj kaj sen ŝtrumpoj.

Ŝi rektigis sin, tuŝis per la fingro arĝentan sonorilon, ĉe kies akra longa sono Helka ekridis, kaj Janowa larĝe malfermis la okulojn.

—Fraŭlinon Czernicka! — diris ŝi mallonge al la lakeo, aperanta en la pordo. Post unu momento, per rapidaj paŝoj eniris virino tridekjara, vestita per malvasta vesto, alta, malgrasa, kun malbela kaj velkinta vizaĝo, kun korve nigraj haroj, kunigitaj post la kapo per testuda kombilo. De la sojlo ŝiaj vivaj okuloj ĵetis sur la masonistinon kaj la alkondukitan infanon nuban rigardon, sed kiam ŝi proksimiĝis al sia sinjorino, sereniĝis ŝia rigardo, kaj sur la mallarĝaj, velkintaj lipoj aperis humila kaj flatema rideto. Sinjorino Evelino ekscitite sin turnis al ŝi.

—Mia kara Czernicka, jen la infano, pri kiu mi parolis kun vi hieraŭ. Rigardu! Kiaj trajtoj⋯ kia delikateco de la vizaĝkoloro⋯ kaj la okuloj⋯ la haroj⋯ se ŝi nur iom grasiĝus kaj akirus ruĝajn vangojn, oni povus prezenti ŝin al iu nova Rafaelo kiel modelon por Kerubo⋯ Kaj krom tio orfino!⋯ Vi scias, kiel mi trovis ŝin ĉe tiuj. bonkoraj homoj, en tiel malgaja loĝejo⋯ malseka, malluma⋯

"측은해! 저 아이 옷 입은 모습이!" 에벨리노 부인은 외쳤다. "치마가 땅바닥에 닿을 정도로 길어." 그 부인은 웃음을 터뜨렸다. "정말 두꺼운 셔츠네! 그리고 저 머리카락도! 머리카락이 예쁜데, 아이 머리는 땋아 놓았네! 신발도 두껍고, 양말도 신기지 않았네." 에벨리노 부인이 자신의 몸을 똑바로 세우고 자신의 손가락으로 은색 초인종을 만지자, 날카롭고 긴소리에 헬카는 웃음을 터뜨렸고, 야노바는 눈을 크게 떴다.

"체르니츠카Czernicka 양을 좀!" 그녀는 출입문에 나타난 하인에게 짧게 말했다. 잠시 후, 30세 된 여자가 빠른 걸음으로 들어섰다. 그 여자는 몸에 꼭 끼는 옷을 입고, 키가 크고 마른 체격에 얼굴이 추하고 수척하고, 검정 머리다. 거북이 모양의 빗을 머리 뒤에 꽂고 있다. 문턱에서 그 여자는 생기 넘치는 눈으로 벽돌장이 아내와, 그 아내가 데려온 여자애를 구름 낀 눈길로 보고 있다. 그러나 그 여자가 자신의 마님에게 다가가자, 그 여자 눈길이 한층 맑아졌고, 그 여자의 가늘고 메마른 입술에는 겸손하고 아첨하는 미소가 떠올랐다. 에벨리노 부인은 신이 나서, 그 여자에게로 돌아섰다.

"체르니츠카 양, 내가 어제 자네에게 이야기했던 그 아이이거든. 자세히 봐! 저 특징적 몸매를… 저 섬세한 피부색을… 또 눈하며… 머리카락하며… 만약 쟤가 조금만 더 살이 찌고 볼이 붉어진다면, 쟤는 지천사 커룹 Kerubo[3] 모델에 꼭 맞는 새 라파엘 Rafaelo[4]로 소개할 수 있겠어. 게다가 고아라네! 내가 그곳, 착한 사람들, 그렇게 우울한 집에서 쟤를 어떻게 찾았는지 알지, 축축하고 어두운 집에서….

---

3) *역주: 지천사(智天使). 구약성서에서 에덴동산의 수위. 창세기에서는 아담과 하와의 타락 이후에 그들이 다시금 에덴에 들어오지 못하도록 불 칼을 들고 에덴의 문을 수호하도록 명령받았다.
4) *역주: 라파엘은 '하느님께서 고쳐 주셨다.'라는 뜻으로, 유대교와 기독교, 이슬람교에서 존재한다고 믿는 대천사이다.

Ŝi ekbrilis tie antaŭ miaj okuloj kiel perlo inter balaaîoj⋯ Dio sendis ŝin al mi⋯ Sed, mia kara Czernicka, oni devas ŝin bani, kombi, vesti⋯ Mi petas vin, post unu, post du horoj, ne pli malfrue, la infano devos havi tute alian aspekton. Czernicka ridetis agrable, kun admiro krucis la manojn sur la brusto kaj balancis la kapon, por rapide jesigi ĉion, kion diris ŝia sinjorino. Sinjorino Evelino estis en plej bona humoro. Bonhumora ankaŭ fariĝis la servistino, kiu antaŭ momento eniris malgaja kaj nuba. Kiel antaŭe Helka antaŭ la hundo, tiel nun ŝi sidiĝis sur la planko antaŭ Helka kaj komencis babili, imitante la pepadon de la infano. Poste kun granda peno, zorge kaŝita, ŝi kaptis Helkan sur siajn sekajn, energiajn brakojn, levis la knabineton de la planko, alpremis al la brusto kaj elportis ŝin el la salono, kovrante ŝian vizaĝon per bruaj kisoj. Sinjorino Evelino, radianta kaj apenaŭ haltiganta la larmojn de la kortuŝo, parolis ankoraŭ iom kun Janowa.

La masonistino, kuraĝigita de la ekstrema boneco de la sinjorino kaj ankaŭ kortuŝita, ploris kaj duan fojon rakontis la historion de Helka, orfino de ŝia parenco, same kiel ŝia edzo, masonisto, kiu mortis, falinte de trabaĵo; baldaŭ poste mortis de la kolero lia edzino, la patrino de Helka.

Orfino sen patro kaj sen patrino!

저 아이가 쓰레기 속의 진주처럼 내 눈앞에서 빛이 나더구나. 하나님이 저 애를 내게 보내주셨어. 하지만 내 사랑 체르니츠카 양, 우선 목욕부터 시키고, 머리도 좀 빗기고, 옷도 챙겨 입혀… 잘 챙겨 줘. 한두 시간 안에, 저 아이는 완전히 달라 보일 거야. 체르니츠카는 유쾌하게 미소를 지으며, 감탄하며 자신의 가슴에 두 손으로 성호를 긋고는 고개를 끄덕이며, 그녀 안주인이 말한 모든 것에 재빨리 동의했다. 에벨리노 부인은 엄청 기분이 좋다. 조금 전 우울하고 흐릿한 모습으로 들어선 하녀 체르니츠카도 기분이 좋아졌다. 강아지 앞의 헬카처럼, 이제는 그 하녀가 헬카 앞의 마룻바닥에 앉아, 아이의 종알거리는 소리를 흉내 내며 이야기를 시작했다. 그다음 그 하녀는 조심스럽게, 또 몰래 헬카를 자신의 마르지만, 활력 넘치는 팔로 붙잡고, 그 애를 마룻바닥에서 들어 올려 자신의 가슴에 안고는 요란한 키스로 그 아이 얼굴을 가린 채 거실 밖으로 데리고 나갔다. 에벨리노 부인은 환하게 웃으며 감격의 눈물을 간신히 참고는, 벽돌장이 아내 야노바와 조금 더 이야기를 나눴다.

벽돌장이 아내는 그 부인의 지극한 선함에 용기를 얻어 감동했고, 울면서 또 한 번 친척의 고아 헬카 이야기를 하면서, 저 아이 아빠가 건물 대들보에서 작업하다 떨어져 별세한 이야기며, 그 일이 있은 지 얼마 뒤, 저 아이 엄마가 콜레라 전염병으로 별세한 이야기며 그런 이야기를 했다.

아버지도 없고 어머니도 없는 고아!

Ambaŭ virinoj, la vidvino de riĉa sinjoro kaj la edzino de masonisto, estis kortuŝitaj ĝis larmoj ĉe la sono de ĉi tiu vorto. Sinjorino Evelino tre laŭdis la kristanan kompaton de Janowa kaj de ŝia edzo, kiuj donis ĉe si ŝirmon al la mizera kaj tiel bela infano. Janowa, glorante la bonkorecon de sinjorino Evelino, akceptanta la infanon sub sian zorgon, frotis ĝis sanga koloro per la maniko de sia brila lana kaftano la vangojn, jam sen tio ruĝajn. Fine la masonistino falus antaŭ sinjorino Evelino sur la genuojn por kisi la randon de ŝia vesto, se sinjorino Evelino ne haltigus ŝin per la vortoj, ke nur antaŭ Dio oni devas fali sur la genuojn; poste ŝi petis la masonistinon, ke ŝi akceptu kelke da rubloj por aĉeti bombonojn por la infanoj. Nun Janowa ekridis tra la larmoj krude kaj gaje.

—Mi donos al ili bombonojn! — ekkriis ŝi — ĉu ili estas sinjoraj infanoj, ĉu ili bezonas bombonojn! Se via sinjorina moŝto estas tiel favora por ni, mi aĉetos por Wicek ŝuojn kaj por Marylka kaj Kasia kaptukojn⋯

Fine ili adiaŭis unu la alian. Janowa, revenante hejmen, eble dudek fojojn haltis sur la stratoj de la urbo, glorante al dudek personoj la anĝelan bonecon kaj kompaton de sinjorino Evelino. Sinjorino Evelino, post la foriro de Janowa, duonkuŝiĝis sur la kanapo kaj apogis sur la bela mano la frunton, vualitan per sopira kaj samtempe agrabla medito.

이 이야기에 부유한 남편을 잃은 에벨리노 부인과 벽돌장이 아내, 그 두 여성은 마음이 짠해 또다시 눈물 흘렸다. 에벨리노 부인은 가난하고 예쁜 그 아이에게 안식처를 제공해 온 야노바와 그녀 남편의 기독교적 연민을 높이 평가했다. 야노바는 자신의 보살핌을 받던 아이를 받아준 에벨리노 부인의 친절을 찬양하며, 이미 충분히 붉게 물들어 있는 그녀 뺨을 빛나는 모직 카프탄드레스[5] 소매로 피가 날 정도로 문지르며 고마움을 표하였다. 마침내 벽돌장이 아내는 에벨리노 부인 앞에 무릎을 꿇고 그녀 옷자락에 입을 맞추었을 것이다. 만약 에블린 부인이 하나님 앞에만 무릎을 꿇어야 한다는 말로 그녀를 막지 않았다면. 그다음 에벨리노 부인은 벽돌장이 아내에게 그녀 아이들을 위해 과자라도 사주라며 몇 루블[6] 받기를 요청했다. 그러자 야노바는 눈물 흘리면서도 큰 소리로 유쾌하게 웃기 시작했다.

"아이들에게 사탕 줄게요!" 그녀는 외쳤다. "애들이니까요, 사탕이 정말 필요해요! 부인이 저희에게 그렇게 호의를 베푸시는데, 저는 비체크 Wicek에게 신발을 사주고, 마릴카 Marylka와 카시아 Kasia에게는 머리 스카프를 사줄 수 있겠네요."

마침내 그 둘은 작별 인사를 했다. 집으로 돌아온 야노바는 시내 거리에서 약 20번 정도 멈춰서, 마주친 20명의 사람에게 에벨리노 부인의 천사 같은 선함과 자비를 찬양했다. 야노바가 떠난 후, 에벨리노 부인은 소파에 반쯤 기대어 아름다운 손으로, 그리움과 동시에 즐거운 명상으로 가려진 이마를 받치고 있다.

---

5) *역주: 소매가 길고 낙낙한 여성 옷. 터키나 아랍 지역의 사람들이 입는, 허리통이 헐렁하고 소매가 긴 옷인 카프탄을 본떠 만든 원피스.
6) *역주: 당시 폴란드에 통용된 러시아 화폐단위.

Pri kio ŝi pensis? Kredeble pri tio, ke Dio, senlime bona, sendis sur la malluman kaj malvarman vojon de ŝia vivo varman kaj helan sunan radion⋯ Tia radio devis esti de nun por ŝi la bela orfino, okaze trovita hieraŭ kaj hodiaŭ adoptita kiel filino⋯

Ho, kiel ŝi amos ĉi tiun infanon! Ŝi sentas tion per la pli rapida spirado de sia brusto, per la ondado la vivo kaj juneco, kiu, ŝajnas, subite plenigis ŝian tutan estaĵon kaj kvazaŭ plenblovis la koron. Tiel malplene kaj enue estis al ŝi en la mondo, ŝi sentis sin tiel sola, tia tomba malvarmo jam ĉirkaŭis ŝin! Ŝi jam estis rigidiĝonta, jam proksimiĝis la maljuneco, morta apatio aŭ malluma melankolio jam minacis ŝin, kiam Dio Zorganto pruvis ankoraŭ unu fojon, ke li gardas, ke eĉ en plej profunda malfeliĉo oni ne devas perdi la konfidon al ĉi tiu gardo⋯ Czernicka nur rapide purigu kaj vestu la anĝeleton⋯

La medito de sinjorino Evelino estis interrompata de du vilaj piedetoj, kiuj grimpante sur ŝiajn genuojn, implikiĝis en la puntoj de ŝia vesto kaj per akraj ungegoj atingis ŝian manon. Vekita, ŝi skuiĝis kaj per kolera gesto forpuŝis de si la trudeman hundon. Li komprenis ŝian koleron kiel gajan ŝercon. Tro longe li estis amata, por facile ekkredi la repuŝon. Li ĝoje pepis kaj ree per la vilaj piedoj ŝiris la puntojn kaj gratis la atlasan manon de sia sinjorino.

그녀는 무슨 생각을 할까? 무한히 선하신 하나님께서, 분명하게도, 그녀의 어둡고 추운 삶의 길에 따뜻하고 밝은 빛을 보내셨다는 사실 생각에…. 그녀의 그러한 빛이 이제부터 어제오늘 우연히 발견한 저 예쁜 고아 아이이어야 한다. 오늘 딸로 입양한 아이…. 아, 그 부인은 이 아이를 얼마나 사랑할 것인가! 그 부인은 자신의 가슴에서 더 가빠진 호흡, 삶과 젊음의 격정으로 이것을 느낀다. 갑자기 이 아이가 그녀의 온 존재를 채우고, 말하자면, 그녀 마음을 가득 채운 것 같다. 그녀는 그동안 세상이 너무나 공허하고 지루해, 너무 외로웠으며, 이미 자신을 둘러싼 극심한 추위를 느껴 왔다! 그녀는 이미 몸이 굳어지려고 했고, 노년이 다가오고 있고, 무심한 죽음이나 어두운 우울함이 이미 그녀를 위협하고 있다. 그때 수호자이신 하나님께서 가장 큰 불행 속에서도 이 수호자에 대한 믿음을 잃어서는 안 된다는 것을 당신의 보살핌을 다시 한번 증명하셨다. 그 부인은 체르니츠카가 어서 그 어린 천사를 신속히 몸을 씻기고 옷 입히기만 기다린다. 에벨리노 부인의 명상은 털이 덥수룩한 작은 발 2개로 인해 중단되었다. 그 발은 무릎으로 기어 올라와, 그녀 드레스 끈을 엉키게 하고, 날카로운 발톱으로 그녀 손을 건드렸다. 깨어난 그녀는 몸을 흔들었고, 화난 몸짓으로 엉겨 붙은 개를 그녀에게서 밀쳐냈다. 그 개는 그 부인의 분노를 유쾌한 농담으로 이해했다. 개는 거절을 쉽게 믿을 수 없을 정도로 오랫동안 사랑을 받아왔다. 개는 행복하게 끙끙대며, 덥수룩한 발로 부인의 레이스 몇 개를 찢고, 또 부인의 공단 같은 손을 반복해 긁었다.

Sed tiun ĉi fojon ŝi salte leviĝis de la kanapo kaj sonorigis.

—Fraŭlinon Czernicka! — ŝi diris al la aperanta lakeo.

Czernicka enkuris spiregante, kun ruĝo sur la malhelaj vangoj, kun la manikoj suprenvolvitaj ĝis la kubutoj.

—Mia kara Czernicka! Mi petas vin, prenu Elfon, kaj li restu tie ĉe vi, en la vestejo, por ĉiam. Li ŝiras miajn puntojn, enuigas min···

Kiam la servistino sin klinis por preni la hundon, sur ŝiaj mallarĝaj lipoj glitis stranga rideto. Estis en ĝi iom da sarkasmo, iom da malĝojo. Elf ekmurmuris, reiris kaj volis forkuri de la ostaj manoj, lin kaptantaj, sur la genuojn de sia sinjorino. Sed sinjorino Evelino delikate forpuŝis lin, kaj la ostaj manoj tiel forte lin kaptis, ke li ekpepis.

Czernicka dum unu momento fiksis rapidan rigardon sur la vizaĝo de la sinjorino.

—Kiel netolerebla fariĝis Elf··· — murmuretis ŝi ne sen ŝanceliĝo en la voĉo.

—Netolerebla! — ripetis sinjorino Evelino kaj kun gesto de malkontenteco aldonis: — Mi ne komprenas plu, kiel mi povis tiel ami tian tedan estaĵon···

—Li estis iam tute alia!

—Ĉu ne vere, Czernicka, li estis tute alia? Li estis iam belega. Kaj nun···

—Nun li fariĝis enuiga···

하지만 이번에는 그녀가 소파에서 벌떡 일어나 초인종을 울렸다.

"체르니츠카 양을 좀!" 그녀는 나타난 하인에게 말했다.

체르니츠카는 어두운 뺨에 홍조를 띤 채 소매를 팔꿈치까지 걷어 올린 채 헐떡이며 달려왔다.

"사랑하는 체르니츠카! 엘프 Elf 를 데려가서 영원히 네 의상실에 머물게 해. 저 녀석이 내 레이스를 찢고, 나를 지루하게 해."

하녀가 그 개를 안으려고 몸을 굽혔을 때, 그녀의 좁은 입술에 이상한 미소가 일었다. 그 안에는 약간의 비꼼도 있고, 약간의 슬픔도 있다. 엘프는 낑낑대며 중얼거리더니, 서둘러 돌아가서, 자신을 붙잡고 있던 뼈만 앙상한 체르니츠카 손에서 빠져나와 자신의 안주인 무릎에 앉고 싶다. 그러나 에벨리노 부인은 그 녀석을 다시 섬세하게 밀어냈다. 뼈만 앙상한 하녀가 그 녀석을 너무 세게 붙잡자, 그 녀석이 끙-끙-대기 시작했다.

체르니츠카는 잠시 안주인 얼굴을 재빨리 쳐다보았다.

"엘프가 참지 못할 정도로 이렇게 변해 버렸지…." 에벨리노 부인은 자기 어투를 바꾸조 않고 중얼거렸다. "참지 못하겠어!" 에벨리노 부인은 불만스러운 몸짓으로 반복하고 덧붙였다. "어떻게 저리 지루한 생물을 그토록 내가 사랑했는지 더는 이해할 수 없거든."

"이 녀석은 한때 완전 달랐지요!"

"그렇지, 체르니츠카, 완전 달랐지? 저 개는 한때 예뻤어. 그리고 지금은…." "이제 이 녀석이 지루해졌다고요."

—Terure enuiga⋯ Prenu lin en la vestejon, kaj li ne montru sin plu en la ĉambroj. Czernicka estis jam ĉe la sojlo, kiam ŝi ree ekaŭdis:

—Kara Czernicka!

Ŝi returnis sin kun humila rapideco kaj flata rideto.

—Kaj nia knabino.?

—Ĉio estos farita laŭ viaj ordonoj, sinjorino. En la banejo la bano jam estas preta, Paŭlino banos Helkan⋯

—Fraŭlinon! — kvazaŭ nevole interrompis sinjorino Evelino.

—Fraŭlinon⋯ Mi tranĉas vesteton el la blua kaŝmiro, tiu en la komodo⋯

—Mi scias, scias⋯

—Kazimirino kuris en la butikon de ŝuoj, Janowan mi sendis en la magazenon de preta tolaĵo⋯ la vesteton mi dume almenaŭ duonkudros: mi nur petas vin, sinjorino, pri puntoj, rubandoj kaj mono por ĉio.

Da puntoj, rubandoj, tuloj, gazoj, kaŝmiroj, atlasoj multe estis en la ŝrankoj kaj komodoj, plenigantaj kelke da ĉambroj de la vasta kaj bele aranĝita somerdomo de sinjorino Evelino.

Czernicka sufiĉe longe malfermis kaj fermis la ŝrankojn kaj tirkestojn, ne ĉesante eĉ dum unu minuto premi en la mano bankan bileton de alta valoro.

"정말 지루해. 그 녀석을 의상실로 데려가. 그리고 이 방에 모습을 더는 보이지 않게 해줘."

하녀가 어느 문턱에 이미 갔을 때, 다시 말을 들었다.

"체르니츠카 양!"

그녀는 겸손한 속도와 아첨하는 미소로 돌아섰다.

"그리고 우리 애는?"

"모든 일은 마님, 당신의 명령대로 진행되고 있습니다, 마님. 화장실에 목욕도 이미 준비됐고, 파울리노 Paŭlino가 그 아이 목욕시킬 거예요."

"그 아이를!" 에벨리노 부인이 내키지 않은 듯 그 말을 막았다.

"그 아이를요. 저는⋯ 파란색 캐시미어 천으로 그 아이 드레스를 만들려고 자르고 있고요. 옷장에서 그 하녀가⋯."

"알았네요."

"하녀 카지미리노 Kazimirino 는 신발가게로 달려갔고, 다른 하녀 야노바를 기성품 리넨 상점으로 보냈는데⋯. 그 사이에 드레스는 적어도 절반은 꿰매질 것입니다. 마님께 요청하는 것은 끈, 리본, 모든 것에 대한 돈입니다요."

넓고 아름답게 꾸며진 에벨리노 부인의 여름별장의 여러 방에 가득한 옷장과 서랍장에는 레이스, 리본, 얇은 명주 그물, 거즈, 캐시미어, 공단 직물이 셀 수 없이 많다.

체르니츠카는 꽤 오랫동안 찬장과 서랍 여닫기를 반복했다. 그리고 지폐 고액권을 손에 쥐기 위해 잠시도 쉬지 않았다.

Poste en la vestejo oni aŭdis grandan bruon de akra marĉandado kaj aĉetado; poste granda parto de objektoj, elprenitaj el la ŝrankoj kaj komodoj, kaj parto de la valoro de la banka bileto malaperis en senfunda kofro — persona propraĵo de la ĉambristino. Fine, kun serena vizaĝo, videble kontenta de la profito, ricevita de la veno de la orfino en la domon, ŝi komencis rapide duonkudri kaj fiksi per pingloj la rapide preparatan veston. Nur en la sekvanta tago tajloroj, ŝuistoj kaj kudristinoj devis komenci la efektivan laboron por la vestaro de la fraŭlino. Dume la fraŭlino jam banita kaj kombita, sed ankoraŭ en dika ĉemizo kaj nudpieda, sidis en la ĉambro de Czernicka sur la planko kaj inter plej koraj karesoj kun Elf ŝajnis forgesi pri la tuta mondo.

Pri la tuta mondo forgesis ankaŭ sinjorino Evelino, dronanta en profunda medito. La mediton nenio plu interrompis nun. En la vasta salono, brilanta de la speguloj, pentraĵoj kaj puncaj damaskoj, regis profunda silento. Tra la duonmalfermitaj pordokurtenoj oni povis vidi kelke da pli grandaj kaj pli malgrandaj ĉambroj, ankaŭ dronantaj en silento kaj duonlumo. La oblikvaj radioj de la subiranta somera suno, penetrantaj tra la fendoj de la mallevitaj tabuletkurtenoj, glitis tie ĉi kaj tie sur la muroj, tapiŝoj kaj oritaj kadroj de la pentraĵoj.

나중에 의상실에는 흥정과 구매 소리가 날카롭게 들렸다. 그 다음 찬장과 서랍장에서 많은 양의 물건이 꺼내졌고, 은행권 일부가 바닥이 보이지 않는 트렁크- 하녀의 개인 재물-에서 사라졌다. 마침내 그녀는 이 고아가 집에 들어옴으로 생긴 이익 때문에 눈에 띄게 만족하여 기쁜 얼굴로 빨리 준비한 드레스를 바느질하고 핀으로 고정하기 시작했다. 다음날이 되어서야 재단사, 제화공, 재봉사는 그 아이가 입을 의복을 짓기 위한 실제 작업을 시작해야 했다. 그 사이에 그 아이는 이미 목욕하고 빗질했지만, 여전히 두툼한 드레스를 입고 맨발로 체르니츠카의 방바닥에 앉아, 개 엘프와의 진심어린 어루만짐 사이에 온 세상을 잊어버린 것 같다.

에벨리노 부인은 또한 깊은 명상에 빠져 전 세계를 잊어버렸다. 이제 명상을 방해하는 것은 아무것도 없다. 여러 거울과 그림들과 선홍색 다마스크7) 커튼으로 반짝이는 넓은 거실에는 깊은 침묵이 흘렀다. 반쯤 열린 출입문 커튼 사이로 더 큰 방과 더 작은 방들이 또한 침묵과 희미한 빛에 빠져들고 있다. 지는 여름 태양의 비스듬한 광선이 낮은 널빤지를 에워싼 커튼 틈새를 통해 스며들어 벽, 카펫, 그림의 금박 틀 위로 이리저리 미끄러졌다.

---

7) *역주: 능직이나 수자직 바탕에 금실이나 은실 따위의 아름다운 실로 무늬를 짜 넣은 피륙. 주로 커튼이나 책상보 따위로 쓴다.

De ekstere flugis odoroj de la florantaj rozujoj kaj pepado de la birdoj; pli profunde, en la manĝoĉambro, mallaŭte sonoris la teleroj, dismetataj por la vespermanĝo.

Sinjorino Evelino meditis pri sia malfeliĉo. Ŝi tute ne trograndigis, pensante, ke ŝi estas tre malfeliĉa.

Efektive, vidvino jam de multaj jaroj, sen infanoj, posedanta koron varmegan, sola, ŝi eĉ ne estis sufiĉe riĉa, por ke ŝi povu ĉiam vivi tie, kie la vivo prezentis al ŝi plej multe da allogoj kaj malplej multe da malĝojo kaj enuo. Ŝia posedaĵo estis, vere, sufiĉe granda, tamen diversaj monaj aferoj alforĝis ŝin iufoje por iom da tempo al loko tiel malbela, malĝoja kaj enuiga, kia estis Ongrod. Precipe en la nuna momento en la bela kaj vasta bieno, kiun ŝi posedis en la ĉirkaŭaĵo de Ongrod okazis io eksterordinara. Estis tie iuj kontraktoj farotaj, ŝuldoj pagotaj, neeviteblaj elspezoj por la mastrumo — kaj ĉio ĉi senigis sinjorinon Evelinon je la ebleco, forveturi eksterlandon, aŭ almenaŭ loĝi en la plej granda urbo de la lando. Ŝi pasigis ĉi tie jam du jarojn, jarojn malfacilajn kaj lacigajn. Fremda por ĉio kaj por ĉiuj, ĉirkaŭata de la prozaj vidaĵoj de malgranda urbo, sopiranta al altaj artistaj ĝuoj, kiuj estis ĝis nun la plej granda allogo de ŝia vivo kaj je kiuj ĉi tie ŝi komprenoble estis tute senigita, ŝi vivis kiel ermitino, fermita en sia somerdomo kun siaj pentraĵoj, fortepiano, Czernicka kaj Elf.

밖에서 피어 있는 장미꽃 향기가 스며들고, 새들의 지저귀는 소리가 들려 왔다. 더 깊숙이 자리한 식당에는 저녁 식사를 위해 접시들이 부딪치는 소리가 부드럽게 울렸다.

에벨리노 부인은 자신의 불행에 대해 묵상했다. 그녀 자신도 자신의 매우 불행함을 전혀 확산하려고는 하지 않았다.

사실, 그녀는 남편과 사별한 지 오랜 시간이 흘렀고, 아이도 없다. 뜨거운 마음을 갖고 있지만, 독신이라, 인생이 그녀 자신에게 가장 많은 매력을 발산하고 가장 적은 슬픔과 지루함을 보여주는 그런 곳에서 항상 지낼 만큼 부유하지는 않다. 사실, 그녀 재산이 충분히 많아도, 금전 문제로 인해 한동안 그녀는 온그로드 Ongrod 에서 있던 시절처럼 그렇게 추악하고 슬프고 지루한 곳에 약간의 시간이 얽매여 있다. 특히 지금 이 순간, 그녀가 온그로드 주변에 보유한 아름답고 넓은 농장에 뭔가 특별한 일이 벌어졌다. 몇 가지 계약이 놓여 있고, 갚아야 할 빚이 있고, 가계 경영에 대한 불가피한 비용이 들었다. -이 모든 것으로 인해 에베리노 부인은 해외로 갈 가능성이나 적어도 이 나라 서울에서 생활할 가능성이 없다.

그녀는 이미 이곳에서 힘들고 지친 2년을 보냈다. 모든 것이 낯설고, 모든 사람이 낯선 사람인지라, 소도시의 산문적 풍광에 둘러싸였어도, 지금까지 그녀 삶의 가장 큰 매력인, -여기서는 물론 완전히 박탈당한 - 높은 예술적 즐거움을 갈망하였지만, 자신이 소장한 미술품들, 그랜드 피아노, 체르니츠카 양, 개 엘프와 함께 이곳, 자신의 여름별장에서 닫힌 채 살아왔다.

Ŝia vivo ĉi tie estis tiom pura kiom malĝoja, tamen la trankvilo de la konscienco ne estis kompleta. Ŝi faris nenion bonan kaj riproĉis tion al si ofte kaj akre. La deziro fari bonon estis unu el la plej vive vibrantaj kordoj de ŝia animo. La bonfarado atingis ĉe ŝi gradon de pasio kaj multfoje, multfoje en la vivo alportis al ŝi moralajn ĝuojn, anstataŭantajn la feliĉon, kiun ŝi renkontis neniam. Sed··· estis tiel aliloke. Ĉi tie ŝi eĉ ne sciis, kiel kaj kion fari por satigi la plej profundan bezonon de sia nobla koro. Vere, de tempo al tempo, al tiuj aŭ al aliaj ŝi donis malavarajn almozojn, sed tio ne plenigis ŝian tempon, ne kontentigis la koron kaj la konsciencon.

Ŝi kutimis al la bonfarado de la grandaj urboj, laborema, agema, plenumata sub la direkto de kleraj pastraj gvidantoj, kiuj kondukis la bonfarantojn al la subtegmentoj de altaj domoj, en la subterajn mallumajn loĝejoj, en la rifuĝejojn kaj azilojn, al la tabloj kun arĝentaj pladoj, lokitaj en la vestibloj de la preĝejoj k. t. p. Manko de la manieroj tiel bonfari turmentis ŝin kaj verŝis unu guton plu en ŝian maldolĉan pokalon. Subite en Ongrod oni fondis societon de tiel nomataj bonfaremaj virinoj. Sinjorino Evelino, kiel la plej riĉa kredeble loĝantino de la urbo, estis invitita partopreni en la aĝado de la societo. Tio estis la unua ĝojo, kiun ŝi ĝuis post dujara soifo. Ŝi do povos fari bonon!

이곳의 그녀 삶은 슬픔에 갇혀 있어도 그만큼 순수했다. 그러나 양심의 평안은 완전하지 않았다. 그녀는 선한 일도 하지 않아, 그렇게 못한 일로 자주 또 날카롭게 스스로 자책했다.

자선하려는 열망은 그녀 영혼에서 가장 생생하게 진동하는 선율 중 하나였다. 자선은 그녀에게 열정의 단계에 이르렀고, 그녀 삶에서 여러 차례 도덕적 즐거움을 가져왔고, 그녀가 이전에 결코 만나본 적이 없는 행복으로 바꿔 주었다. 그런데... 다른 곳에서는 그랬는데, 여기서 그녀는 자신의 고귀한 마음의 가장 깊은 곳의 필요를 충족시키려면 어떻게, 무엇을 해야 할지조차 몰랐다. 사실, 그녀는 때때로 이 사람 저 사람에게 관대한 선물을 주었지만, 그것이 그녀 시간을 채우지 못했고 그녀 마음과 양심에 만족이 되지 못했다. 그녀는, 박식한 성당 사제단의 지도로 열심히 활동하는 도회지 자선 활동에는 익숙해 있었다. 그 사제단은 자선을 베풀 사람들을 높은 건물 옥탑방으로, 어두운 지하실로, 피난처나 수용소로, 성당 출입구 현관 등지에 자리한 은그릇들이 놓인 테이블, 등등의 장소로 안내했다.

이런 방식 밖에 자선 방법이 없다는 사실에 그녀는 괴로워하며, 그 사실이 그녀의 쓴 잔에 한 방울을 더 부었다. 그런데 갑자기 '자선 부인회'가 온그로드 Ongrod 에 설립되었단다. 이 소도시에서 가장 부유한 주민인 에벨리노 부인도 그런 사회생활에 참여하도록 초대를 받았다. 이것이 2년간의 목마름 끝에 그녀가 처음 누린 기쁨이다. 그래, 그녀도 이제 좋은 일을 할 수 있겠다!

La fortoj de la koro, da kiuj ŝi tiom sentis en si, trovos por si forfluon!

Ŝia okulo verŝos ankoraŭ, kiel iam, larmojn de la kompato kaj kortuŝeco, vidante la homan mizeron! Ŝiajn orelojn karesos dankaj kaj benaj vortoj de tiuj, inter kluj ŝi aperos kiel anĝelo de helpo kaj konsolo! Ŝi tuj venis al la alvoko. Oni montris al ŝi la kvartalon de la urbo, kie ŝi devis serĉi la mizerulojn. Ŝi serĉis. Serĉante ŝi venis foje en la domon, loĝatan de la familio de la masonisto, kaj ekvidis Helkan. La infano sin prezentis al ŝi en pentrinda pozo; ĝi ludis, ŝajnas, kun hundo aŭ kato, aŭ eble ĝi sidis antaŭ la sojlo de la domo kaj ĝiajn harojn kombis la sunaj radioj; aŭ eble, mirigita de la apero de kaleŝo, ĉevaloj kaj bela eleganta sinjorino, haltis ĉe la sojlo kiel ŝtonigita kaj fiksis sur ŝi siajn pupilojn, en kiuj ŝi ekvidis la varmegan bluon de la itala ĉielo — unuvorte, ĝi tuj ŝajnis al ŝi neordinara kaj bela. Ŝi almetis siajn lipojn al la vangoj de la infano, sur kiuj estis ankoraŭ restaĵoj de ĵus manĝita gria supo kun lardo; sed malgraŭ tio ŝia koro komencis bati pli vive, kaj ĉe la sono de la vorto: "orfo!", dirita de Janowa, larmo de kompato kaj kortuŝeco aperis en ŝiaj okuloj.

Ŝi ekdeziris la infanon, ŝi ekdeziris ĝin kiel sian ekskluzivan propraĵon, kun entuziasmo kaj forto de animo pasia kiel vulkano, kaj sola kiel ŝipo, eraranta sur la maraj vastaĵoj dum ventego⋯

그녀가 자신 안에서 너무나 많이 느껴온 마음의 힘이 스스로 출구를 찾은 것이다!

그녀 눈은 여전히, 이전처럼, 사람들의 비참한 상황을 보면서 동정심과 감동의 눈물을 흘릴 것이다! 그녀 귀는 그 사람들로부터 감사와 축복의 말을 듣게 될 것이며, 그들 가운데 그녀가 도움과 위로의 천사로 나타날 것이다! 그녀는 즉시 그런 구호의 요청을 받아들였다. 사람들이 그녀를 소개해 준 곳은 그 도시의 빈민촌이었다. 그녀는 직접 가 보았다. 둘러 보면서, 그녀는 한 번은 벽돌장이 가족의 집에 들어섰는데, 그곳에서 헬카라는 아이를 처음 만나게 되었다. 그 아이가 그림 같은 모습으로 그녀에게 비추어졌다. 그 아이가 개나 고양이와 놀고 있던 모습, 집 안 출입문 앞에 앉아 햇빛에 머리를 빗고 있는 모습, 아니면 4륜 유개 마차와 말, 또는 아름답고 기품 있는 부인의 출현에 깜짝 놀라 겁에 질린 채, 멈춰 선 채로, 자신의 눈동자를 그 귀부인에게 고정한 채 있는 모습이 그 귀부인에게는 그 아이를 통해 뜨겁고 푸른 이탈리아 하늘을 보는 것만 같았다. 한 마디로, 그 광경은 즉시 그녀에게 이상하리만큼 아름다워 보였다. 그녀는 방금 먹은, 거친 비곗살 수프 국물 자국이 아직 남아 있는 그 아이 뺨에 입술을 대었다. 그러자 그 부인 심장은 더욱 활발하게 뛰기 시작했고, 그 집 어머니 야노바가 던진 '고아!'라는 말에, 그 부인은 눈물을 흘렸다.

그 부인 눈에는 동정심과 온정의 마음이 나타났다. 부인은 그 아이를 갖기를 열망하기 시작했다.

그녀는 화산처럼 열정적인 영혼과 힘으로 그 애를 자신의 독점 재산으로 원하기 시작했고, 폭풍우 속에서 광활한 바다 위를 방황하는 배처럼 단독으로….

Nun la objekto de ŝiaj deziroj jam estis sub ŝia tegmento. Oni donis ĝin al ŝi por ĉiam kaj, vere, sen malfacilaĵoj! Nun, amante la infanon, ŝi trankviligos sian sopirantan animon, kontentigos sian konsciencon, kiu ordonas al ŝi fari bonon!··· Sed kie ĝi estas, la bela infano? Kie estas la anĝelo de la konsolo kaj trankviligo, sendita de la Providenco? Kial Czernicka ne alkondukis ŝin ankoraŭ? Mizerulino! Kredeble ŝi ankoraŭ ne estas vestita! Sed certe ŝi jam estas lavita kaj banita. Ni iru en la ĉambron de Czernicka ĉirkaŭpreni, kisi la infanon, karese alpremi ĝin al la koro···

Ŝi salte leviĝis de la kanapo, kuris tra la salono kaj en la mezo de la vojo, kun la manoj krucitaj sur la brusto, haltis. En la kontraŭa pordo Czernicka aperis, kondukante je la mano Helkan, sed kiel ŝanĝitan! Kia metamorfozo! La blanka papilio kun kunmetitaj flugiletoj fariĝis brila kolibro. Ruĝaj rubandoj, kvazaŭ plumoj aŭ flugiletoj, varie kolorigis la bluan veston. El la lanugo de la blankaj puntoj sin eligis rondaj piedetoj en malvastaj ŝtrumpetoj, delikataj kiel aranea reto, kaj malaperantaj en malgrandaj bluaj ŝuoj; la fajraj haroj kombitaj, parfumitaj, estis kunigitaj per testuda buko. Timigita kaj ravita de la eleganta vesto, ebriigita de la bonodoro, eliĝanta el ŝiaj haroj kaj puntoj, Helka staris ĉe la sojlo de la salono kun plora grimaco sur la lipoj.

그래서 이제 그녀가 원하는 욕망의 대상은 이미 그녀 지붕 아래로 주어졌다

그녀에게 영원히, 또 어려움 없이 말이다! 이제 그 아이를 사랑함으로써 그녀는 자신의 갈망하는 영혼을 달래고, 자선을 베풀라는 양심에 만족하게 될 것이다! 그런데 이 예쁜 아이는 어디에 있지? 하나님께서 보내신 위로와 평안의 천사는 어디에 있는가? 체르니츠카는 왜 아직 그 아이를 데려오지 않나? 불쌍한 아이! 아마 아직 옷을 덜 입혔나 보다! 그러나 확실히 그 애는 이미 얼굴도 씻기고 목욕도 했다. 체르니츠카 방으로 가서 그 아이를 보고 뽀뽀하고 내 품에 따뜻하게 안아주자.

부인은 소파에서 벌떡 일어나, 거실을 가로질러 달려가다가, 길 한가운데서 가슴 위에 두 손을 얹은 채 멈춰 섰다. 맞은편 출입문에 체르니츠카가 보였는데, 그녀 손에 헬카를 데리고 나왔는데, 정말 그 아이가 변해 있구나! 완전히 다른 모습! 날개를 접은 흰나비가 어느새 찬란한 벌새가 되어있다. 깃털이나 날개 같은 붉은 리본들이 그 아이의 파란 드레스를 다양하게 물들였다. 흰 레이스의 솜털에서, 마치 거미줄처럼 섬세하고 좁은 양말 안의 둥근 발이 보이다가, 작은 파랑 신발 속에 사라졌다. 빗질이 된, 향수를 뿌린 반짝이는 머리카락은 거북 모양의 머리핀에 묶여 있다. 자신의 새로운 우아한 드레스에 두렵기도 하고, 기뻐하기도 하고, 머리카락과 레이스에서 풍기는 향기에 취한 헬카는, 입술에 눈물을 머금은 채, 거실 출입문의 턱에 섰다.

Timante ĉifi la veston, ŝi disetendis en la aero siajn malgrasajn brakojn; ŝiaj nekuraĝaj kaj malsekaj okuloj jen sin mallevis al la luksaj ŝuetoj, jen levis sin al la vizaĝo de sinjorino Evelino.

Sinjorino Evelino saltis al la infano kaj, ĉirkaŭpreninte ĝin, nur nun komencis ĝin kovri per varmegaj kisoj. Poste ŝi kondukis Helkan en la manĝoĉambron, kie ŝi sidiĝis kun ŝi ĉe la tablo kun bela porcelano kaj bongustaj frandaĵoj. Post duonhoro Czernicka, eniranta en la manĝoĉambron, trovis Helkan sidanta sur la genuoj de la nova zorgantino kaj jam tute intima kun ŝi. La ekstrema boneco kaj sentema koro de sinjorino Evelino rapide verŝis en la koron de la infano kuraĝon kaj konfidon. Kun vangoj iom ŝmiritaj per graso, sed ĉi tiun fojon ne per gria supo kun lardo, sed per kuko kaj konfitaĵoj, ŝi etendis sian malgrandan fingreton al diversaj objektoj, ĝis nun nekonataj, kaj demandis pri ilia nomo.

—Kio estas tio, sinjorino, kio?

—Taso — respondis sinjorino Evelino.

—Tasjo··· — kun iom da peno ripetis Helka.

—Kaj france: la tasse.

—Tas, tass, tas-tas-tas! — pepis Helka.

La virino kaj la infano ŝajnis estaĵoj perfekte feliĉaj. Czernicka kun sia glaso da teo, forlasante la manĝoĉambron, ridetis laŭ sia ordinara maniero, iom sarkasme, iom melankolie.

아이는 자신의 드레스에 주름이 지는 것을 두려워하여, 자신의 앙상한 팔을 공중에 뻗었다. 아이의 겁 많고 젖은 눈은 이제 고급스러운 신발을 내려다보기도 하고, 이제 에벨리노 부인 얼굴을 올려다보기도 했다. 에벨리노 부인은 아이에게 뛸 듯이 다가가, 아이를 포옹하고는 우선 뜨거운 키스로 아이 얼굴을 덮기 시작했다.

그런 다음 그녀는 헬카를 식당으로 데려가, 아름다운 도자기와 맛있는 음식이 담긴 식탁에 함께 앉았다. 30분 후에 체르니츠카가 식당에 들어섰을 때, 헬카가 새 보호자인 그 부인 무릎에 앉고는 이미 새 보호자와 완전히 친밀해 있음을 발견했다.

에벨리노 부인의 극도의 친절함과 감성적 마음은 빠르게 그 아이 마음에 용기와 자신감을 불어넣었다. 그 아이 뺨에는 약간의 지방이 묻어 있었지만, 이번에는 비곗살 수프 자국이 아니라 케이크와 잼이다. 그 아이는 지금까지 알려지지 않은 다양한 물건을 대하고서 새끼손가락을 뻗고 그 물건 이름을 물었다.

"이게 뭐예요, 부인, 뭐예요?"

"찻잔이지." 에벨리노 부인이 대답했다.

"찻챤[8]…. - 헬카는 약간의 노력을 기울여 반복했다.

"프랑스어로는 'la tasse'이지."

"찻챤, 찻챤, 'la tasse'!" 헬카가 소리 질렀다.

부인과 그 아이는 완벽하게 행복한 존재처럼 보였다. 체르니츠카는 식당에서 찻잔을 들고나오면서, 평소처럼 약간 냉소적이고 약간 우울하게 미소지었다.

---

8) 역주: 아이가 제대로 발음 못 함을 비유적으로 표현함.

Tia estis la unua tago de la estado de Helka en la domo de sinjorino Evelino, kaj ĝin sekvis longa vico da tagoj similaj aŭ eble ankoraŭ pli feliĉaj por la virino kaj por la infano. Ili amuziĝis bonege. En la someraj monatoj tra la bela ĝardeno, ĉirkaŭanta la somerdomon, de la mateno ĝis la vespero preskaŭ flugis la knabineto, simila al varikolora kolibro. Malgrandaj ŝiaj piedoj, en elegantaj ŝuetoj kuris sur sablitaj vojetoj ĉirkaŭ bedoj, plenaj de floroj; ŝia kapo kovrita de la oraj haroj kaj ornamita per floroj glitis super la malaltaj grupoj de verdaĵo, kvazaŭ superaera, anĝela fenomeno.

La pepado kaj rido de la infano sonis malproksimen, ĝis trans la ferajn kradojn, apartigantajn la ĝardenon de la eksterurba strato. Sinjorino Evelino, sidante sur la vasta bela balkono, dum tutaj horoj forgesis pri la libro, tenata en la mano, sekvis per la rigardo la subtilan, malpezan, elegantan estaĵon, kaptis per la orelo ĉiun sonon de ŝiaj pepado kaj rido, kaj iufoje ŝi kuris malsupren de la ŝtuparo de la balkono kaj komencis persekuti ŝin sur la vojetoj de la ĝardeno. Tiam dum la infana ludo, al kiu ŝi ŝajnis sin doni per la tuta koro, oni povis plej bone rimarki, kiom da fortoj kaj da vivo estis ankoraŭ en ĉi tiu jam nejuna virino. Ruĝiĝis ŝiaj vangoj, la nigraj okuloj brulis, la talio ricevis infanan graciecon. kaj flekseblecon.

이날이 헬카가 에벨리노 부인 집에 머무른 첫날이다. 그 뒤, 그 두 사람에게는 비슷하거나 어쩌면 더 행복한 나날이 길게 이어졌다. 그들은 즐거이 시간을 보냈다. 여름철에는 다양한 색깔의 벌새를 닮은 아이가 아침부터 저녁까지 여름별장을 둘러싼 아름다운 정원에서 거의 날 듯이 모습을 보였다. 우아하고 작은 신발을 신은 그 아이의 발은 꽃이 가득한 화단 주위의 모랫길을 달렸다. 그 아이의 황금색 머리카락에는 꽃이 장식되어, 마치 천상의 천사가 나타난 것처럼, 낮은 녹지 위로 미끄러졌다. 그 아이의 종알대는 소리와 웃음소리가 저 멀리, 정원과 교외 거리를 구분하는 쇠로 된 격자 울타리 너머까지 들렸다. 넓고 아름다운 발코니에 앉아 있는 에벨리노 부인은 몇 시간 동안 손에 쥐고 있던 책을 펼쳐 보지도 못했다. 부인의 눈길은 미묘하고 가볍고 우아한 아이를 따라갔다. 부인의 귀는 그 아이의 매번 재잘거리는 소리와 웃음소리에 기울이고 있다. 그리고 어느 순간에 벌써 그 부인은 발코니 계단에서 아래로 서둘러 뛰어 내려와, 정원의 길마다 그 아이를 쫓아다니기 시작했다. 그렇게, 그녀가 온 마음으로 술래잡기 놀이를 하는 동안, 사람들은 이 중년 여성이 얼마나 많은 힘과 얼마나 많은 생명력을 지니고 있는지 가장 잘 알아차릴 수 있다. 그녀 뺨은 붉어지고, 검은 눈은 타오르고, 허리는 어린아이 같은 우아함과 유연성을 보였다.

La persekuto finiĝis ordinare tiamaniere, ke Helkă sin ĵetis sur la kolon de sinjorino Evelino; sekvis reciprokaj karesoj kaj longa sidado sur la herba tapiŝo, inter floroj, el kiuj ili kunmetis bukedon kaj kronojn. Trans la feraj kradoj la pasantoj ofte haltis, penante tra la truoj vidi la belan grupon. Ĝi ŝajnis tiom pli bela, ke ĝia fono estis palaceto, pentrinde blanka meze de la ĝardeno, tiom pli kortuŝanta, ke oni sciis, ke la virino ne estas la patrino de la infano. La du estaĵoj, fremdaj per la sango kaj tiel intime kunigitaj, faris plej grandan impreson dum la blankaj vintraj tagoj, kiam ili eniradis en la plenplenan preĝejon de la urbo. Al la etulino. tuta en atlasoj kaj cignaj lanugoj, kaj al la virino, en zibeloj kaj veluro, sin turnis tiam kelke da miloj da homaj okuloj. La infanon, nun ĉiam ruĝan kaj ridetantan, oni komparis kun rozo, eliĝanta el sub la neĝo; sed kian komparon oni povis trovi por la zorgantino? Oni nomis ŝin simple sankta! Per tia zorgo kaj amo ĉirkaŭi infanon fremdan, de malalta deveno, orfon! Tiel uzi sian riĉaĵon, — vere, tio estis inda de admiro. Kaj efektive ĉiuj admiris sinjorinon Evelinon, ĉiufoje, kiam ŝia serena kaj meditema vizaĝo pasis tra la flanka navo de la belega templo; Janowa, staranta ĉe la pordo puŝata de entuziasmo, per la tuta forto de siaj ambaŭ kubutoj dispuŝis la popolamason, brue falis sur la genuojn,

술래잡기는 대개 이런 식으로 끝났다 -헬카가 에벨리노 부인 목에 몸을 던지는 것으로. 그다음 서로 따뜻하게 안아주고, 잔디밭에서 또 꽃들 사이에서 오랫동안 앉아, 꽃다발과 왕관도 만들어 보았다. 쇠로 된 격자 너머로 지나가는 사람들은 그 자리에 멈춰 서서, 종종 구멍을 통해 그 아름다운 무리를 보려고 했다. 그래서 그 장면은 더욱 아름다웠다.

배경은 정원 중앙에 자리한 하얀 궁전인 듯하고, 그 광경이 감동적인데, 사람들은 그 여인이 그 애 엄마가 아니라는 사실에 더욱 감동적이다. 같은 핏줄이 아님에도 친밀하게 결합된 두 사람은 가장 큰 인상을 주고, 그들이 사람들로 붐비는 성당 안으로 들어선, 하얀 눈의 겨우내 가장 큰 인상을 남겼다.

공단 옷과 백조 털로 덮은 그 어린 애에게, 또 검은담비와 벨벳[9] 옷을 입은 여자에게 그때 수천 개의 눈이 관심이 따라갔다. 애는 이제 항상 얼굴이 붉어지고 웃으니, 눈 밑에서 피는 장미에 비유할 만하다. 그러나 그 보호자는 무엇과 비교할까? 그들은 그녀를 단순히 성스럽다고 말했다! 저 비천한 태생의 고아인 낯선 아이를 저리도 보살핌과 사랑으로 베풀다니! 부인 자신의 부유함을 저렇게 사용하니 - 참으로 감탄할만한 일이다. 그리고 실제로 그녀의 고요하고 명상적인 얼굴이 아름다운 성당의 옆 회중석을 지나갈 때마다, 모두 에벨리노 부인을 존경했다.

한편 열정에 밀린 그 성당 출입문 앞에 서 있던 옛 친척 야노바는 양 팔꿈치 힘으로 군중을 밀치고, 시끄럽게 무릎을 꿇고,

---

9) *역주: 짧고 고운 털이 촘촘히 심어진 직물. 의복이나 실내용품을 만드는 데에 쓴다.

dronigis sian rigardon en la videbla por ŝi supro de la granda altaro, kaj viŝante per la maniko de sia festa kaftano larmojn sur la ruĝa vizaĝo, preĝis preskaŭ laŭte:

—Kaj la eterna feliĉo lumu al ŝi dum jarcentoj de jarcentoj, amen.

Sendisiĝaj tage, ili ne forlasis unu la alian ankaŭ nokte. La malgranda, el nuksarbo skulptita lito de Helka, vera majstro-verko de la lignaĵista arto, estis lokita senpere apud la lito de sinjorino Evelino. En ĝi, senvestigita per la propraj manoj de la zorgantino kaj vestita per batista nokta ĉemizeto, Helka ekdormis ĉiutage sur delikata tolaĵo, kovrita per brodaĵoj. Serena, ridetanta dormo de perfekte feliĉa estaĵo! Sinjorino Evelino, kuŝigante ŝin por la dormo, faris super ŝi en la aero la signon de la kruco, kaj kiam Czernicka dismetis ŝian litkovrilon en pentrindajn drapiraĵojn, la sinjorino diris:

—Kiel bela ŝi estas, kara Czernicka!

—Kiel anĝeleto — respondis la ĉambristino.

Iufoje Helka, ankoraŭ ne dormanta, aŭdis la interparoladon, kaj el la blankaj lanugoj de la lito eksplodis infana rido, interrompata de ekkrioj:

—La sinjorino estas pli bela, pli bela, pli bela!

—Kion ŝi deliras, Czernicka! — kun profunda kontenteco ridetis sinjorino Evelino.

—Kiel saĝa estas la infano! Kiel ĝi amas vin! — miris Czernicka.

자신에게 보이는 큰 제단 상단으로 눈길을 고정해 향하고는, 자신의 축제용 카프탄드레스 소매로 붉은 얼굴의 눈물을 닦으며, 거의 큰 소리로 기도했다.

"그리고 그 영원한 행복이 저 아이이게 몇백 년 빛나기를 기원합니다. 아멘."

낮에는 떼려고 해도 뗄 수 없는 그 두 사람은 밤에도 서로 떠나지 않았다. 진정한 목공의 걸작인, 헬카의 작은 호두나무 침대는 에벨리노 부인 침대 바로 옆에 놓여 있다. 그 침대 안에 보호자의 손은 그 애 옷을 벗기고, 고급 아마천10) 잠옷으로 입혔다. 헬카는 자수로 덮인 섬세한 리넨 위에서 매일 잠들었다. 완벽하게 행복한 존재의 고요하고 미소짓는 듯한 편안한 잠! 에벨리노 부인은 그녀를 잠들게 눕힌 뒤 그녀 머리 위로 공중에서 십자가 성호를 그었다. 체르니츠카가 그림처럼 아름다운 주름 휘장을 단, 그 아이 이불을 펼쳤을 때 그 부인은 말했다.

"쟤, 정말 이쁘지, 체르니츠카!"

"작은 천사 같군요." 하녀가 대답했다.

아직 잠들지 않은 헬카가 그 대화를 들었을 때, 침대의 하얀 솜털 속에서 그 애 웃음소리가 터져 나왔고, 그 감탄사가 중단되었다.

"저 마님이 더 예뻐요, 더 예뻐요, 더 예뻐요!"

"쟤가 지금 무슨 소리 하는 거야, 체르니츠카!" 에벨리노 부인은 깊은 만족감으로 미소를 지었다.

"이 애 정말 영리해요! 얘가 마님을 정말 사랑하네요!" 체르니츠카는 놀라워했다.

---

10) *역주: 아마(亞麻)의 실로 짠 얇은 직물을 통틀어 이르는 말. 굵은 실로 짠 것은 양복감으로 쓰고, 가는 실로 짠 것은 셔츠, 손수건, 실내 장식품 따위를 만드는 데 쓴다.

Samtempe, dum tutaj tagoj kaj vesperoj, en la salono, ĝardeno kaj dormoĉambro preskaŭ seninterrompe havis lokon la eduko de Helka. Sinjorino Evelino instruis ŝin paroli france, gracie paŝi, sidi kaj manĝi, bele vesti la pupojn, gustoplene kunmeti la kolorojn, sin kuŝigi por la dormo en ĉarma pozo, kruci la manojn kaj levi la okulojn al la ĉielo dum la preĝo.

Ĉiuj ĉi instruoj estis donataj kaj akceptataj en perfekta reciproka harmonio kaj amikeco. En ludoj kaj ŝercoj la infano kleriĝis rapide kaj gaje: post unujara restado en la domo de la zorgantino, Helka jam flue babilis france, sciis memore multajn francajn preĝojn kaj versaĵojn. Kiam ŝi kuris, iris aŭ manĝis, Czernicka, rigardante ŝin, diris kun admiro al la sinjorino:

—Kiaj movoj! kia gracio! Vere, oni povus pensi, ke la fraŭlino naskiĝis en palaco!···

—Donaco de Dio, mia Czernicka — respondis sinjorino Evelino.

Sed la plej grandan admiron de sinjorino Evelino kaŭzis la eksterordinara sento pri la belo, kiu sin montris en ŝi pli kaj pli klare. Efektive, Helka ricevis inklinon al la elegantaj kaj belaj objektoj, inklinon, preskaŭ similantan al pasio. Plej malgrandan disonancon de la koloroj ŝi tuj rimarkis, plej subtila tavolo de polvo sur la planko ekscitis ŝian abomenon.

동시에, 낮과 저녁 내내 거실에서, 또 서재와 침실에서도 헬카에 대한 교육은 거의 중단없이 진행되었다. 에벨리노 부인은 그 아이에게 프랑스어를 말하는 법, 우아하게 걷는 법, 식사하는 예절, 인형을 아름답게 입히는 법, 색깔을 세련되게 결합하는 법, 매력적인 자세로 누워 자는 법, 손을 교차하고 하늘을 향해 눈을 들어 기도하는 법을 가르쳤다.

이 모든 가르침은 완벽한 상호 조화와 우정 속에서 주어지고 받아들여졌다. 놀이와 농담을 통해 아이는 빠르고 즐겁게 배웠다. 그 보호자 집에서 1년을 보내자, 헬카는 이미 프랑스어로 유창하게 말할 수 있고, 프랑스어 기도문과 구절을 제법 이미 욀 수 있게 되었다.

그 애가 달리고, 걷고, 식사할 때, 체르니츠카는 그 애를 감탄해 바라보며 부인에게 말했다.

"잘도 움직이고! 정말 대단한 은혜입니다! 정말, 저 애는 궁궐에서 태어났다고 생각할 수도 있겠네요!"

"하나님의 선물이지, 나의 체르니츠카." 에벨리노 부인은 대답했다.

그러나 에벨리노 부인의 가장 큰 감탄을 불러온 것은 그 아이에게 점점 더 분명하게 드러나는 특별한 아름다움에 대한 감각이다. 실제로 헬카는 우아하고 아름다운 물건에 대한 애정을 갖게 되는데, 이는 거의 열정에 가까운 성향이다. 그녀는 색상의 사소한 불협화음을 즉시 알아차렸고 바닥에 쌓인 가장 미묘한 먼지층은 그녀 혐오감을 불러일으켰다.

Ŝi jam bonege taksis la gradon de la beleco de ĉiu meblo; kiam ŝi estis laca kaj volis ripozi, ŝi sciis elekti kaj montri al la mastrino de la domo la plej komfortan meblon; kelke da fojoj ŝi verŝis maldolĉajn larmojn, kiam oni alportis al ŝi ŝuetojn ne tiel belaj kiel tiuj, pri kiuj ŝi revis. Sinjorino Evelino kun plezuro rigardis la rapidan evoluon de la estetikaj inklinoj de la infano.

—Mia Czernicka — diris ŝi — kian emon ŝi havas al ĉio, kio estas bela, kian delikatan naturon kaj sentemon al ĉiu tuŝo de la ekstera mondo! Dio mia, se mi povus preni ŝin kun mi Italujon! Kiel feliĉa estus la etulino sub la bela itala ĉielo, en la dolĉa klimato, inter la belegaj vidaĵoj de la itala naturo⋯

La revo, veturi kun Helka Italujon, plifortiĝis ankoraŭ en sinjorino Evelino, kiam iutage ŝi malkovris en la infano talenton, rimarkindan, grandan talenton por la kantado. Helka finis tiam jam sian okan jaron kaj estis en la domo de sinjorino Evelino preskaŭ tri jaroj.

Foje, en serena aŭtuna tago, Helka por unu momento lasita sola, sidis sur la balkono inter amaso da kusenoj, alportitaj tien por ŝi, kaj ornamante pupon, preskaŭ same grandan kiel ŝi mem, sed ankoraŭ pli lukse vestitan, kantetis unu el la multenombraj francaj kantoj, kiuj ŝi sciis memore. Iom post iom tio fariĝis vera kantado; la pupo falis el ŝiaj manoj sur la kusenojn,

그녀는 이미 각 가구의 아름다움 정도를 훌륭하게 평가했다. 피곤해 쉬고 싶을 때, 그 아이는 집주인에게 가장 편안한 가구를 선택하고 보여주는 방법을 알고 있다. 그 애는 자신이 꿈꾸던 신발에 못 미치는 신발을 가져오자, 여러 번 쓰라린 눈물을 흘렸다. 에벨리노 부인은 이 아이의 미학적 성향이 빠르게 발전하는 것을 기쁘게 지켜보았다.

"나의 체르니츠카, 저 아이는 외부 세계의 모든 접촉에서 섬세한 성격과 감성이 어떤지를 파악할 줄 아니, 정말 대단해." 그녀는 말했다.

"오, 하나님, 저 애를 이탈리아로 데리고 갈 수 있다면! 아름다운 이탈리아 하늘 아래, 온화한 기후 속에, 이탈리아의 아름다운 자연 풍경 속에 저 어린 애는 얼마나 행복할까."

헬카와 함께 이탈리아로 여행하려는 꿈은, 어느 날 그녀가 아이에게서 놀랍고 뛰어난 노래 재능을 발견했을 때, 에벨리노 부인에게 더욱 강해졌다. 헬카는 당시 이미 8살을 마쳤으니, 거의 3년 동안 에벨리노 부인 집에 있었다.

가끔 맑은 가을날, 잠시 혼자 남겨진 헬카는 발코니에 쿠션 더미 사이에 앉아 자신을 위해 가져온, 거의 자신만큼 크지만, 훨씬 더 호화로운 옷을 입힌 인형을 보며, 수많은 프랑스 노래 중 하나를 외워 불렀다. 조금씩 이 노래는 진짜 노래가 되었다. 인형은 헬카 손에서 베개 위로 떨어졌고,

kaj Helka, turninte la okulojn al la ĉielo, kun la manoj krucitaj sur la brusto, laŭte kaj plende kantis:

Le papillon ŝenvola.
La rose blanche ŝeffeuille.
La la la la la la la···

Ŝia voĉo estis pura kaj forta. En la varmege amata kaj karesata infano vekiĝis sendube kora sentemo kaj kompatemo, ĉar la malĝojan historion de la rozo ŝi kantis kun tia ama sento, ke ŝia eta brusto leviĝis alte kaj sur la malhele oraj okulharoj ekbrilis larmo. Sinjorino Evelino, nevidate observanta ŝin tra la fenestro de la salono, dronis en admiro kaj de tiu tago komencis dum la vesperoj instrui al ŝi la muzikan arton.

Ĉiuvespere en la malgranda ĉambro de Czernicka lampo brulis sur la tablo, la murhorloĝo unutone tiktakis super la senfunda kofro, post kurtenoj estis videbla lito, simple aranĝita.

Silente estis tie. Tri kudristinoj dormetis super sia laboro aŭ mallaŭte, mallaŭte murmuretis en la najbara ĉambro: el la profundo de la domo, el la salono flugis apartaj, longaj tonoj de la fortepianaj klavoj, tuŝataj unu post alia. De tempo al tempo eksonis: f, g, h k.t.p., laŭte elparolata de sinjorino Evelino; iufoje gamo de infana rido ĵetis kelke da arĝentaj tonoj, aŭ estis aŭdebla infana kanto,

헬카는 눈을 하늘로 돌리고 손을 가슴에 얹은 채 큰 소리로 애원하듯 노래를 불렀다.

Le papillon s'envole.
La rose blanche s 'effeuilla.
La la la la la la la…11)

그녀 목소리는 순수하고 강했다. 뜨겁게 사랑받고 소중히 여기는 아이는 의심할 바 없이 마음의 민감성과 연민이 커갔다. 왜냐하면, 그녀의 작은 가슴이 높이 솟아오르고 눈물이 그녀의 짙은 금색 눈썹에 반짝일 만큼 사랑스러운 감정으로 장미의 슬픈 이야기를 노래했기 때문이다. 거실 창문을 통해 보이지 않게 그 애를 지켜보던 에벨리노 부인은 감탄에 빠져 그날부터 저녁마다 그녀에게 음악을 가르치기 시작했다.

매일 저녁, 체르니츠카의 작은 의상실 탁자에는 램프가 켜져 있고, 바닥이 보이지 않은 여행용 트렁크 위로 벽시계가 단조롭게 똑딱거리고, 커튼 뒤에 침대 한 개가 단순하게 놓여 있다.

그곳은 조용했다. 3명의 재봉사가 작업하다가 졸고 있거나 옆 방에서 조용히 중얼거리고 있다. 집 깊숙한 곳, 거실에는 별도의, 긴 음악 소리가 하나둘씩 건드린 그랜드 피아노 건반에서 날아다녔다. - 프, 그, 흐 등등.

에벨리노 부인이 큰 소리로 발음했다: 때로는 어린아이의 웃음소리가 약간의 은은한 음색을 내기도 하고,

---

11) *역주: (프랑스어)나비가 날아가네. 흰 장미꽃이 떨어 지내. 라라라 라라라라.

mallaŭtigita de la interspaco:

La rose blanche s'effeuille.
La la la la la la la···

Sur la hela fono, lumigita de la lampo, la figuro
de la ĉambristino, alta, maldika, en malvasta vesto,
kun la kombilo, alte superstaranta la kapon,
prezentis malhelajn kaj akrajn konturojn. Ĉe ŝiaj
pledoj, sur mola, bela piedkuseno, kuntiriĝinta kaj
malgaja kuŝis Elf. Ŝiaj sekaj brakoj, en malvastaj
manikoj kaj ŝiaj longaj, ostaj manoj rapide kaj lerte
sin movis super la teksaĵo, kuŝanta sur la genuoj. Ŝi
kudris diligente, sed ĉiufoje, kiam la sonoj de la
leciono alflugis al ŝi de la salono, ŝia nuba rigardo
sin turnis al la hundo, kuŝanta ĉe ŝiaj piedoj; ŝi
tuŝis lin delikate per la ekstremo de la piedo kaj
kun la ordinara rideto diris: —Ĉu vi aŭdas? Ĉu vi
memoras? Ankaŭ vi iam estis tie! Baldaŭ poste
plenumiĝis la deziro de sinjorino Evelino; la stato de
la monaj aferoj permesis al ŝi veturi eksterlandon
por kelke da monatoj; ŝi prenis kun si Helkan; la
infano petis la permeson kunpreni Elfon. Ankaŭ
Czernicka forveturis kun ili.

간간이 어린아이의 작은 노랫소리가 들리기도 했다.

La rose blanche s 'effeuilla.
La la la la la la la…

램프가 비추는 밝은 배경에는 키가 크고 마른 체형에 꽉 끼는 드레스를 입고, 머리 위로 빗을 치켜든 하녀 모습이 어둡고 날카로운 윤곽을 드러냈다. 그녀가 엄하게 요청하는 바람에, 우울해진 강아지 엘프가 부드럽고 아름다운 발 깔개 위에 몸을 웅크린 채 누워 있다. 꽉 끼는 소매를 입은 그녀의 깡마른 팔과 가늘고 앙상한 손은 하녀 무릎에 놓인 천 위에서 빠르고 능숙하게 움직였다. 부지런히 바느질했지만, 거실에서의 수업 소리가 들릴 때마다 하녀의 흐릿한 표정은 하녀 발치에 누워 있는 개를 향했다. 하녀는 자신의 발가락 끝으로 그 개를 섬세하게 만지고 평범한 미소를 지으며 말했다.

"넌, 저게 들려? 기억나니? 너도 한때 저기 있었지!"

얼마 지나지 않아 에벨리노 부인의 소원이 이루어졌다. 금전적 상황이 나아지자, 그 부인은 몇 달간 외국 여행을 할 수 있었다. 그녀는 헬카를 데리고 갔다. 그 아이는 개 엘프를 데리고 갈 수 있도록 허락해 달라고 요청했다. 그래서 체르니츠카도 그들과 함께 떠나게 되었다.

Ĉapitro II

Post kelke da monatoj, en bela somera tago, la somerloĝejo de sinjorino Evelino, duonmorta dum ŝia foresto, reviviĝis. En la ĝardeno floris belaj astrofloroj kaj levkojoj, en la salono brilis la speguloj kaj damaskoj, en la manĝoĉambro mallaŭte sonoris la vitraj kaj porcelanaj vazoj. Sinjorino Evelino sidis en la salono, profunde meditanta, iom malĝoja kaj sopira. Helka ne estis apud ŝi, sed el la profundo de la domo, el la vestejo de tempo al tempo flugis sonoj de ŝia gaja voĉo kaj rido. Czernicka, sidante sur la planko de la vestejo, malfermis la valizojn, elprenante el ili sennombraj objektojn, destinitajn por sennombraj uzoj; tri kudristinoj kaj Janowa, la masonistino, starante ĉirkaŭe, plenaj de scivolo kaj admiro, rigardis jen la fraŭlinon, jen la eligatajn miraklojn de la eŭropaj metioj. Ĉiuj asertis unuvoĉe, ke la fraŭlino forte kreskis.

Efektive, Helka atingis la aĝon, en kiu la knabinoj ricevas la karakterizan longecon de la kruroj, difektantan la harmonion de iliaj formoj. Ĉi tiuj longaj, maldikaj kruroj, en tre malvastaj kaj altaj gamaŝoj, faris ŝin iom malgracia.

제2장 소녀에 대해 싫증 난 선한 부인

몇 달 뒤, 아름다운 여름날에, 에벨리노 안주인이 없는 동안 반쯤 죽어 있던 여름별장이 다시 살아났다. 정원에 아름다운 버섯꽃과 꽃무가 피어 있고, 거실에 거울과 다마스크 커튼이 빛나고, 식당에는 유리와 도자기 꽃병이 부드럽게 딸랑거리는 소리가 났다. 에벨리노 부인은 거실에 앉아 깊은 명상에 잠겨 있는데, 약간 슬프고 아쉬운 마음이다. 헬카는 그녀 옆에 없었지만, 집 깊은 곳에서, 의상실에서 때때로 그 아이의 쾌활한 목소리와 웃음소리가 들렸다.

의상실 바닥에 앉아 있던 체르니츠카는 여행 트렁크 가방들을 열어, 그 안에서 셀 수 없이 많은 용도로 사용되는 셀 수 없이 많은 물건을 꺼냈다. 재봉사 3명과 벽돌장이 아내 야노바가 그 물건들 옆에서, 그 물건들을 보며 호기심과 감탄으로 가득 찬 채 서서, 한번은 제법 소녀티가 나는 아이를 바라보고, 또 한 번은 유럽 수공예가 만들어내는 기적 같은 물품들을 바라보았다. 모두가 한목소리로 그 아이가 튼튼하게 성장했다고 확언했다. 실제로 헬카는 소녀 다리가 특징적으로 길어지는 시점에 도달해, 그녀 몸매의 조화가 깨지는 나이에 이르렀다. 매우 좁고 높은 레깅스[12]를 입은, 길고 가느다란 다리가 그녀를 조금 보기 흉하게 만들었다.

---

12) *역주: 각반, 게트르.

La regulara ovaĵo de ŝia vizaĝo perdis sian delikatecon kaŭze de la malgrasiĝo, kredeble de la longa vojaĝo; la malkovritaj brakoj estis malgrasaj kaj ruĝaj. La bela infano komencis aliformiĝi en malgracian maturiĝantan knabinon, kies trajtoj antaŭdiris estontan belan fraŭlinon.

La masonistino, sciigita pri la reveno de la sinjorino kaj de la fraŭlino per unu el la ĉambristinoj, kiun ŝi petis pri tio, ne povis sufiĉe admiri sian malgrandan parencinon kaj poste ŝiajn objektojn, elprenatajn el du apartaj valizoj. Ŝi sidiĝis sur la planko apud Helka, kiu montris al ŝi ĉion kaj klarigis.

—Dua ĉapelo··· — ekkriis ŝi — tria··· kvara··· Granda Dio!

Kiom da ĉapeloj vi havas, Helka?

—Tiom, onklino, kiom da vestoj — klarigis Helka — al ĉiu vesto estas konforma ĉapelo···

—Kaj tiu skatolo?

—Tio estas vojaĝa skatolo.

—Por kio ĝi estas?

—Kiel, por kio? Rigardu, onklino, tie ĉi estas diversaj fakoj, kaj en ili ĉio, kion oni bezonas por sin lavi, kombi kaj vesti···Jen kombiloj, sapo, brosetoj, diversaj pingloj, parfumoj···

—Jezuo, Mario! kaj ĉio ĉi estas via?

—Jes, mia. La sinjorino havas pli grandan skatolon kaj mi malgrandan.

그녀의 일상의 계란형 얼굴은 아마도 긴 여행으로 인한 지방 손실로 인해 섬세함을 잃어버렸다. 드러난 팔은 가늘고 붉다. 예쁘장했던 아이가 보기 흉하게 성숙해가는 소녀로 변하였고, 그 모습은 미래의 아름다운 아가씨를 예고했다.

벽돌장이 아내 야노바는, 자신이 그 집 재봉사 중 한 사람에게 그 아이 일정을 특별히 부탁해, 그 아이가 돌아온다는 소식을 듣고, 그 여름별장으로 달려왔다. 그 아내는 자신의 어린 옛 친척 아이를 보며, 또 나중에는, 별도 가방 2개에서 꺼낸 그 여행물품들을 보면서도 충분히 감탄만 할 수는 없다,

그 아내는 헬카 옆의 바닥에 앉아 있고, 헬카는 그녀에게 모든 것을 보여주고 설명했다.

"두 번째 모자네." 그 아내가 외쳤다. "세 번째… 네 번째… 아, 하나님! 헬카, 모자가 도대체 몇 점이야?"

"이만큼요, 숙모, 옷만큼이나요," 헬카가 설명했다. "드레스마다 제각각 어울리는 모자가 있거든요."

"그럼, 저 상자는?"

"저건 여행용 상자예요."

"그것은 무엇을 위한 거야?"

"어떻게, 뭘 위해서냐고요? 여길 봐요, 숙모, 여기에는 다양하게 구분이 되어있거든요. 저기에는 씻을 때, 빗질할 때, 옷 입는 데 필요한 모든 것이 제각각 들어있거든요. 여기 빗, 비누, 솔, 머리핀, 향수 통들이 들어있거든요."

"맙소사, 마리아 님! 그런데 이게 다 네 거야?"

"응, 내 거예요. 우리 마님은 더 큰 상자를 가지고 있거든. 난 좀 작은 상자를요."

En tiu momento Czernicka elprenis el pakaĵo pupojn de diversa grandeco kaj aliajn infanajn ludilojn plej diversajn. Tie estis belaj birdoj, kvazaŭ vivantaj, strangaj bestetoj, arĝentaj kaj oraj mastrumaj vazoj k. t. p. Janowa larĝe malfermis la buŝon, sed en la sama momento malĝojo vualis ŝiajn okulojn.

—Mia Dio! —murmuretis ŝi kun sopiro — miaj infanoj povus almenaŭ vidi ĉion ĉi···

Helka momenton rigardis ŝin, meditis, poste vive sin ĵetis al siaj ludiloj kaj ĉifonoj kaj kun granda fervoro komencis donaci kelkajn al Janowa.

—Prenu, onklino, la strigon por Marylka kaj ĉi tiun fiŝeton por Kasia··· por Wicek estu ĉi tiu harmoniko··· oni bezonas nur tuŝi ĝin, kaj tuj ĝi ludas tre bele··· Prenu, onklino, prenu!

La sinjorino ne koleros, la sinjorino estas tiel bona kaj tiel amas min··· Prenu ankaŭ ĉi tiun ruĝan tukon por Marylka, kaj por Kasia la bluan··· mi havas multe da tiaj tukoj··· tre multe··· Janowa, kun okuloj plenaj de larmoj, volis kapti la parencinon en siajn potencajn brakojn, sed timante ĉifi ŝiajn krispajn kaj malsimplajn vestojn, karesis per la dika mano la atlasan vizaĝon de la infano. Ŝi kategorie rifuzis akcepti la donacojn, sed leviĝante de la planko, ŝi diris:

—Vi estas bona infano!

그 순간 체르니츠카는 여행 꾸러미에서 다양한 크기의 인형들과 여타의 어린이 장난감들을 꺼냈다. 그곳에는 마치 살아있는 것 같은 아름다운 새들, 기묘한 작은 동물모형들, 은색과 금색 그릇 등이 있었다. 야노바는 입을 크게 열었지만 동시에 슬픔이 그녀 눈에 어른거렸다.

"하나님!" 그녀는 그리워하며 중얼거렸다. "내 아이들은 적어도 이 모든 걸 보기만 해도 좋을 텐데…."

헬카는 잠시 그 숙모를 바라보고, 생각해본 다음 즉시 여러 가지 장난감과 천들 앞으로 몸을 던지고 열정으로 그중 몇 점을 집어 야노바 숙모에게 주기 시작했다.

"숙모, 숙모 아이들에게 이걸 가져다 주세요. 마릴카 Marylka 에겐 이 부엉이를요, 카시아 Kasia 에겐 이 작은 물고기를요…. 비체크 Wicek 에겐 이 하모니카, 주세요. 이건 누르기만 하면 즉시 매우 아름답게 연주되거든요. 가져가세요, 숙모, 가져가세요!

저희 마님은 화내지 않을 거예요. 마님은 너무나 선하시고, 저를 너무 사랑하니까요. 마릴카를 위해서 이 빨간 천 가져가고, 카시아를 위해 파란 천을 가져가요. 내게는 그런 천이 많이 있거든요. 아주 많이요."

눈에 눈물이 가득 고인 야노바는 그 어린아이를 자신의 강한 팔로 안고 싶었지만, 그 아이의 뽀송뽀송하고 간단치 않은 옷에 구김이 생길까 걱정하며, 자신의 두툼한 손으로 그 아이의 야윈 얼굴을 어루만졌다. 야노바는 선물 받기를 단호히 거부했다. 그녀는 바닥에서 일어나 말했다.

"넌 착한 아이이구나!

Kvankam vi kreskas por esti granda sinjorino, vi ne malestimas la malriĉajn parencojn, kiuj iam donis al vi ŝirmon…

Kiam Janowa diris tion, Czernicka, klinita ĝis nun super kofro, sin rektigis kaj rapide kun akcento diris aŭ verdire murmuris:

—Eh, mia sinjorino Janowa! Kiu povas scii, kia ŝi estos iam: granda aŭ malgranda?

Janowa respondis nenion, ĉar ŝi rigardis kun plorema rideto al Helka, kiu, ridante kaj saltante sur siaj longaj kruroj kiel gaja kaj petolema katino, rondiris ĉirkaŭ ŝi kaj plenigis ĉiujn ŝiajn poŝojn per bombonoj.

—Tio estas por Marylka — kriis ŝi — tio por Kasia… kaj tio, onklino, por la onklo…

Subite ŝi ektremis kaj fariĝis malĝoja.

—Tiel malvarme estas tie ĉi! — diris ŝi per la koleretanta buŝo — en Italujo estas multe pli bele kaj agrable… tie senĉese brilas la suno… bela vetero… tiel belaj oranĝaj arbaroj… Ne longe ni povos resti ĉi tie… kredeble ni ree veturos tien, kie estas tiel varme…

Czernicka volis surmeti al ŝi varman palteton, molan kiel lanugo, sed Helka sin elŝiris el ŝiaj manoj.

—Ah! — ekkriis ŝi — kiel longe mi jam ne vidis la sinjorinon; mi iros al la sinjorino! Adiaŭ, onklino!

넌 훌륭한 여인이 되려고 이렇게 자랐지만, 한때 네게 안식처를 제공해준 가난한 친척을 경멸하지도 않으니…."

야노바가 이 말을 하자, 지금까지 여행용 트렁크 위로 몸을 굽히고 있던 체르니츠카가 몸을 일으키더니 재빨리 강조해, 아니 오히려 정말 중얼거렸다.

"에이, 야노바 아줌마! 저 애가 훌륭한 사람이 될지, 그렇지 않은 보잘것없는 사람이 될지 누가 알겠어요?"

야노바는 아무 대답도 하지 않았다. 그 숙모는 헬카를 눈물 어린 미소로 바라보고 있기 때문이다. 헬카는 즐겁고 장난꾸러기 암고양이처럼 웃고, 또 긴 다리로 뛰어오르며 그 숙모 주위를 맴돌며, 그 숙모 호주머니마다 사탕으로 가득 채웠다.

"이것은 메릴카를 위한 것입니다." 그녀는 소리쳤다. "이것은 카시아 것…. 그리고 이것은, 숙모, 삼촌 거예요."

갑자기 그녀는 떨기 시작했고 슬퍼졌다.

"여긴 너무 추워요!" 그녀는 조금 화난 듯이 말했다. "이탈리아는 훨씬 더 아름답고 쾌적하거든요. 거기는 태양이 계속 비치더라고요. 아름다운 날씨에… 정말 아름다운 오렌지 숲…. 우리는 여기에 오래 머물 수 없겠네요. 내 생각엔 우리가 다시 그 따뜻한 곳으로 여행을 갈 것 같아요."

체르니츠카는 그 아이에게 솜털처럼 부드러운 따뜻한 코트를 입히고 싶었지만, 헬카가 손을 내저었다.

"아하!" 그녀는 외쳤다. "내가 마님 못 본 지 벌써 오래되었네. 마님께 가야겠어요! 안녕히 계세요, 숙모!"

Kaj ĵetinte per la mano kison al Janowa, ŝi forkuris saltante kaj kantante:

—Mi iros al la sinjorino··· al mia kara··· al mia ora··· al mia plej amata···

—Kiel ŝi amas sian bonfarantinon! — sin turnis Janowa al Czernicka.

Tiuvespere sinjorino Evelino, ĉirkaŭvolvita per blanka negliĝa vesto, sidis antaŭ la tualetejo, malĝoja kaj sopiranta.

Helka en sia skulptita lito, duone dronanta en la lanugoj, batistoj kaj brodaĵoj, jam estis profunde ekdorminta; du kandeloj en altaj ingoj estis forbrulantaj; post la apogseĝo de sinjorino Evelino staris Czernicka, kombante kaj dismetante por la nokta ripozo la korve nigrajn ankoraŭ kaj longajn harojn de sia sinjorino. Post momenta silento sinjorino Evelino sin turnis al la ĉambristino:

—Ĉu vi scias, mia Czernicka, mi havas embaraso n···

—Kian? kun kio? — demandis la ĉambristino per tono, plena de ama zorgemo.

Post mallonga momento de ŝanceliĝo sinjorino Evelino respondis per malforta voĉo:

—Kun Helka!

Sufiĉe longe poste ili silentis. Czernicka malrapide, delikate kondukis la broson sur la nigraj, silkaj haroj. Ŝia vizaĝo, rebrilanta en la spegulo de la tualetejo, estis vualita per medito.

그리고 그 아이는 야노바에게 손으로 뽀뽀를 한 후, 노래 부르며 뛰쳐 가버렸다.

"나는 마님께 갈 거예요. 내 사랑하는… 나의 금쪽같은… 가장 사랑하는 분께로 요."

"저 아이는 자신의 은인을 얼마나 사랑하는지!" 야노바가 체르니츠카를 보며 말했다.

그날 저녁, 흰색 실내복 드레스를 입은 에벨리노 부인은 슬프고 그리움에 찬 표정으로 화장대 앞에 앉아 있다.

짜 맞춘 침대에 누운 헬카는, 솜털과 고급 아마천, 자수 속에 반쯤 잠긴 채 이미 깊은 잠에 빠져 있다. 높은 촛대 위에서 촛불 2개가 타고 있다. 에벨리노 부인의 안락의자 뒤에는 체르니츠카가 선 채로, 밤의 휴식을 위해서 그 마님의 까마귀처럼 여전히 까만 머리카락과 그 긴 머리카락을 조심스레 빗질하고 있다. 잠시 침묵한 후 에벨리노 부인은 하녀에게 몸을 돌려 말했다.

"있잖아, 체르니츠카, 당황스러운 일이 있었어."

"어떤 종류요? 무엇으로요?" 사랑스러운 관심으로 가득 찬 어조로 하녀가 물었다.

잠시 머뭇거린 뒤, 에벨리노 부인은 약한 목소리로 대답했다.

"헬카 말이야!"

꽤 시간이 흐르면서도 그들은 침묵했다. 체르니츠카는 그 부인의 부드럽고 실크처럼 부드러운 검은 머리카락에 브러쉬를 천천히 섬세하게 가져갔다. 화장대 거울에 비친 그 부인 얼굴은 명상에 잠겨 있었다.

Post momento ŝi diris:

—La fraŭlino··· kreskas.

—Ŝi kreskas, mia Czernicka··· kaj oni jam devus zorgi pri ŝia eduko. Mi absolute ne volas preni guvernistinon en la domon, ĉar mi ne amas havi en la domo fremdajn personojn···vere, mi ne scias, kion fari.

Czernicka ree silentis unu momenton. Poste kun sopiro ŝi diris:

—Kia domaĝo, la fraŭlino ne estas plu tia malgranda infaneto, kia ŝi venis al ni···

Sinjorino Evelino ankaŭ eksopiris.

—Tio estas vera, mia Czernicka, nur tiaj malgrandaj infanoj estas vere amindaj kaj alportas puran ĝuon. Helka forlasis jam la plej agrablan infanan aĝon. Oni devas ŝin instrui, admoni···

—Jes, mi rimarkis, ke de iom da tempo vi estas devigata, sinjorino, sufiĉe ofte admoni la fraŭlinon···

—Jes. Ŝia karaktero forte ŝanĝiĝis. Ŝi fariĝis kaprica··· ŝi koleretas kontraŭ mi pro bagatelo···

—Vi kutimigis la fraŭlinon al via eksterordinara boneco. —Tio estas vera. Mi trodorlotis ŝin. Sed ne eble estas, plu dorloti grandan knabinon tiel, kiel mi dorlotis ŝin, kiam ŝi estis tiel malgranda, gracia··· karesema···

—Malfacile estas, kontentigi la fraŭlinon··· Hodiaŭ ŝi forte ekkoleris kontraŭ mi pro tio, ke kombante ŝin mi iom pli forte ektiris buklon de ŝiaj haroj···

잠시 뒤 그녀는 말했다.

"그 아이가… 훌쩍 컸어요."

"그 애가 훌쩍 컸지, 체르니츠카. 그리고 우리는 이미 그 애 교육에 신경을 좀 써야겠어. 난 여성가정교사가 집에 들락거리게 하는 것은 하고 싶지 않아. 난 집에 낯선 사람이 출입하는 것이 싫어. 정말, 어떻게 해야 할지 모르겠네."

체르니츠카는 잠시 다시 침묵했다. 그러자 그녀는 옛 시절을 그리워하며 말했다.

"안타깝네요. 그 아인 우리에게 처음 왔을 때의 애기가 아니에요."

에벨리노 부인도 옛 시절을 생각하며, 말했다.

"그 말 맞아, 체르니츠카, 그런 어린 애기 때는 진정 사랑스럽고 순수한 기쁨을 가져다주거든. 헬카는 이미 가장 귀여운 어린 시절을 지났어. 이젠 그 애를 가르쳐야 하고, 훈계도 해야 하고…."

"네, 마님은 어느 순간부터인가 자주 그 애를 훈계해야 할 것 같아요."

"그래. 그 애 성격은 많이도 변했지. 그 애 변덕이 심해졌네…. 사소한 일로 나에게 화내거든…."

"마님은 그 어린 애를 마님이 베푸시는 특별한 친절에 익숙해지도록 만들었네요."

"그건 맞아. 내가 그 애를 너무 많이 좋아했지. 하지만 내가 그 애를 아주 작고 우아하고… 다정스레 대하던 때처럼, 그때처럼은 더 귀엽게 대하진 못하겠어."

"그 애를 만족시키기는 어렵습니다. 오늘은 제가 그 애 머리를 빗기다가, 그 아이 머리카락 뭉치를 조금 세게 잡아당겼더니 제게 엄청 화내던데요."

—Vere? ŝi ekkoleris kontraŭ vi? Mi memoras, ke ankaŭ en la tempoj pasintaj ŝi ofte siblis kaj saltis sur la seĝo, kiam vi kombis ŝin⋯ sed dum ŝi estis malgranda, tio estis tre amuza kaj pligrandigis ŝian ĉarmon⋯ nun tio estan netolerebla⋯ Mi dezirus esti malprava, sed ŝajnas la mi, ke ŝi estos⋯ kolerulino⋯

—Vi kutimigis, sinjorino, la fraŭlinon al via eksterordinara boneco — ripetis Czernicka.

Ili eksilentis. La kombado de la haroj por la nokto jam proksimiĝis al la fino. Kun la vizaĝo klinita super la kapo de la sinjorino, sur kiun ŝi metis malpezan noktan kufon, Czernicka per voĉo multe pli mallaŭta kaj ŝanceliĝanta diris ankoraŭ:

—Eble vi havos, sinjorino, gastojn en la proksimaj tagoj⋯

—Gastojn! kiajn gastojn, mia Czernicka? kiun?

—Eble venos la sinjoro, kies koncerton vi aŭskultis en Florenco kaj kiu poste dum kelke da vesperoj tiel bele ludis ĉe vi⋯

Ruĝa nubo trafluis la vizaĝon de sinjorino Evelino, kiun la longa vojaĝo kaj la malfrua vespera horo faris simila al velkinta floro.

—Ĉu ne vere, Czernicka, ke li belege ludas? Li estas vera kaj granda artisto!

Ŝi viviĝis, ŝia voĉo fariĝis pli forta, la senbrilaj okuloj ree ekbrilis.

—Kaj kiel bela li estas! — murmuretis Czernicka.

"정말? 그 애가 네게도 화냈어? 예전에도 내가 그 애 머리를 빗길 때, 자주 시부렁거리며 의자 위로 뛰어올랐던 적이 생각나. 어렸을 때는 그게 너무 웃기고 매력이 더해졌는데… 이젠 그러면 안 되겠어. 틀렸으면 좋겠지만, 내 생각엔, 앞으로도 그 애가… 화를 잘 내는 성미인 것 같아."

"마님, 당신의 특별한 친절 때문에 그 애가 그리 익숙해졌어요." 체르니츠카는 반복해 말했다.

그들은 침묵했다. 밤에 잠자리를 위해 머리 빗는 것은 이미 거의 끝에 왔다. 체르니츠카는 그 부인의 머리 위로 자신의 고개를 숙이고 가벼운 머리 덮개를 씌워 드리면서, 훨씬 낮고 떨리는 목소리로 다시 말했다.

"며칠 안에 손님들이 오실 것입니다, 마님."

"손님들! 무슨 손님이지, 체르니츠카 양? 누구를 말해?"

"마님이 피렌체에서 그분 연주회에 가서 듣던 그분요. 며칠 뒤 여기서 아주 아름답게 연주했던 그 신사분 말씀입니다."

긴 여정으로 또 늦은 저녁 시간으로 에벨리노 부인 얼굴 위로 붉은 구름이 지나가, 마치 시든 꽃처럼 변해 있었다.

"체르니츠카, 그이가 아름답게 연주하는 것은 정말이지, 그렇지 않아? 그이는 진실로, 위대한 예술가야!"

그녀는 그 소식에 생기를 되찾았고, 목소리도 강해졌으며, 빛이 없던 눈이 다시 반짝였다.

"또 그분은 얼마나 멋진 신사라고요!" 체르니츠카가 중얼거렸다.

—Ĉu ne vere? Ho, italoj, se iu el ili estas bela, li estas bela kiel revo⋯

Per malrapidaj paŝoj ŝi trapasis la interspacon inter la tualetejo kaj la lito, kaj kiam ŝi jam estis senvestigita kaj Czernicka dismetis la litkovrilon en pentrindajn faldojn kaj drapiraĵojn, ŝi komencis paroli per revema voĉo:

—Mia Czernicka, mi petas vin, zorgu, ke ĉio en la domo estu bone kaj bele ordigita⋯ Refreŝigu la salonon⋯ kiel vi scias tion fari⋯ ĉar vi posedas multe da bona gusto kaj lerteco⋯ Eble okaze⋯ iu alveturos al ni⋯

Dum multe da sekvantaj vesperoj inter sinjorino Evelino kaj Czernicka havis lokon ĉe la tualetejo mallongaj kaj interrompataj interparoladoj.

—Ĉu vi rimarkis, Czernicka, ke Helka malbeliĝas?

—Ŝajnas al mi, ke la fraŭlino ne estas plu tiel bela, kiel ŝi estis.

—Ŝi fariĝas tute malgracia. Mi ne komprenas, kiel ŝi ricevis tiel longajn krurojn⋯ ŝia mentono ankaŭ strange longiĝis.

—Tamen la fraŭlino estas ankoraŭ tre bela.

—Ŝi ne estas tiel bela, kiel oni povis esperi antaŭ kelke da jaroj. Mia Dio! kiel fluas la tempo, fluas, fluas kaj forportas kun si ĉiujn niajn esperojn.

Sed en la sekvinta tago sur ŝia vizaĝo brilis dolĉa espero. Sur la tablo kuŝis bonodora letero, veninta el Italujo.

"정말 맞지, 그렇지 않니? 아, 이탈리아인들, 그들 중 멋지지 않은 사람이 없는데, 그이는 꿈에 본 듯 아름답거든."

그 부인은 느린 걸음으로 화장대와 침대 사이를 지나, 이제 옷을 다 벗는 중이고, 체르니츠카가 침대보를 그림 같은 주름과 휘장徽章이 보이도록 펴놓자, 그 부인이 꿈결 같은 목소리로 말하기 시작했다.

"체르니츠카, 제발 집에 있는 모든 것을 잘 관리해 줘. 친절하고 깔끔하게… 거실 환기도 좀 하고 그걸 어떻게 하는지 체르니츠카 양, 자네는 잘 알지. 좋은 취향과 실력을 가졌으니… 어쩌면 가끔… 누가 우리 집을 방문하기도 하니…"

그뒤, 여러 저녁 동안, 에벨리노 부인과 체르니츠카 사이에는 화장실에서 짧고 간헐적으로 대화가 이어졌다.

"체르니츠카양, 헬카가 점점 한때의 예쁨이 사그라지는 걸 눈치챘지?"

"제 생각에 그 앤 이전처럼은 아름답지 않을 것 같아요."

"그 애는 우아함이란 완전히 저 멀리 보낸 것 같아. 어찌 그리 다리가 긴지 이해가 안 되네. 그 애 턱도 이상하게 길어졌네."

"그래도 그 애는 여전히 엄청 예뻐요."

"그녀는 몇 년 전에 사람들이 바랐던 만큼은 아름답지 않아. 맙소사! 시간이 어떻게 그리 빨리도 흐르고, 흐르고, 또 흘러, 우리의 모든 희망을 뺏어 가버리는지."

그러나 다음날 그녀 얼굴에는 달콤한 희망이 떠올랐다. 탁자 위에 이탈리아에서 온 향기로운 편지가 놓여 있다.

—Mia Czernicka, ni havos gastojn.

—Dio estu benata! Estos iom pli gaje por vi, sinjorino. De la reveno de la eksterlando vi estas ĉiam tiel malĝoja.

—Ah, mia Czernicka, kiel mi povas esti gaja! La mondo estas tiel malĝoja! Precipe la animoj, kiuj deziras idealojn, perfektecon, devas ĉiam senreviĝi···

Post momenta silento ŝi aldonis:

—Ekzemple, Helka··· Kiel bela, aminda, amuza infano ŝi estis··· kaj nun···

—De nia reveno de la eksterlando la fraŭlino ĉiam koleretas··· aŭ eble estas malĝoja, mi ne scias···

—Malĝoja? Kiel ŝi devus malĝoji? Ŝi koleretas kontraŭ mi, ke mi ne plu senĉese zorgas pri ŝi, kiel iam··· Mia Dio, ĉu mi povas dum la tuta vivo zorgi pri nenio alia, nur pri ĉi tiu infano?···

—Vi kutimigis, sinjorino, la fraŭlinon al via ekstrema boneco — ripetis Czernicka siajn vortojn.

Efektive Helka estis malĝoja, sed samtempe ŝi ankaŭ koleretis senĉese. Trodorlotitaj kaj nutrataj sole per agrablaj impresoj, ŝiaj nervoj malagordiĝis sub la influo de kontenteco, kies kaŭzon kaj naturon ŝi ne komprenis klare, sed kiu ĉiuminute ekscitis ŝian ploron aŭ koleron. Dum la kombado kaj vestado ŝi kriis nun kiel freneza, piedfrapis, kunpremis la pugnojn, preskaŭ batis la ĉambristinon Czernicka.

"체르니츠카, 우리 집에 손님을 맞을 거야."

"신의 축복이 있기를! 마님께는 조금 즐거운 시간이겠네요. 외국에서 돌아온 이후로 마님은 항상 너무 우울해 있었지요."

"아, 나의 체르니츠카, 내가 어떻게 기분이 좋을 수 있겠니! 세상이 너무 우울해! 특히 이상과 완벽함을 추구하는 이 영혼은 언제나 꿈을 잃어버리게 마련이니…."

잠시 침묵한 뒤 그녀는 이렇게 덧붙였다.

"예를 들어, 헬카는… 정말 아름답고, 사랑스럽고, 재미있는 아이였는데…. 그리고 지금은…."

"해외에서 돌아온 뒤로는 그 애는 언제나 화내거나… 어쩌면 슬픔에 잠겨 있는지도 모르겠어요."

"슬픔에? 그 아이에게 슬퍼할 일이 뭐가 있어? 그녀는 나에게 화가 났어요. 더는 예전처럼 그녀에 대해 끊임없이 관심을 두지 않아 그럴 거야. 맙소사, 내가 내 여생에 이 애 말고는 다른 아무것도 관심 둘 대상이 없게 되었나?

"마님, 마님의 특별한 친절에 그 애가 그리 익숙해졌어요." 체르니츠카는 반복해 말했다.

사실 헬카는 슬펐지만 동시에 항상 화도 나기도 했다. 지나치게 애지중지하고 즐거운 인상으로만 영양을 공급받은 그녀 신경은 만족의 영향 아래서 어긋나 버렸는데, 그 원인과 성격은 그녀가 명확하게 이해하지 못했지만, 매 순간 그녀 스스로 울음이나 분노로 자극했다.

빗질하고 옷을 입는 동안에 그녀는 미친 듯이 비명을 지르고, 발을 구르고, 주먹을 쥐고, 하녀 체르니츠카를 거의 때릴 뻔했다.

Kiam sinjorino Evelino per silento aŭ duonvortoj respondis ŝian karesan babiladon aŭ sin ŝlosis en sia dormoĉambro, la infano sidiĝadis en angulo de la salono, sur malalta piedbenketo, kaj kuntiriĝinte, kun grimace plenblovita vizaĝo, murmuretis al si mem kolerajn monologojn kaj dronis en larmoj. Poste ŝiaj ŝvelintaj kaj ruĝaj okuloj definitive konvinkis sinjorinon Evelino, ke Helka estas kolerulino kaj rimarkeble malbeliĝas.

Iufoje venis al la infano la penso, intence inciti la indiferentiĝintan zorgantinon; kiu povas scii, eble tiamaniere ŝi sukcesos turni ŝian atenton al si? Kiam sinjorino Evelino, kun la okuloj fiksitaj en libro, dronis en plej profundaj meditoj, Helka per kataj paŝoj, kun oblikva rigardo ŝteliris al la fortepiano kaj komencis tutforte, per ambaŭ manoj frapi la klavojn. Iam tia kakofonio, farata de ŝia edukatino, ekscitus gajan ridon de sinjorino Evelino kaj pluvon de kisoj por la infano.

Sed nun Helka estis multe malpli amuza, kaj sinjorino Evelino dronis ofte en malĝojoj kaj sopiroj. Nun ŝi en tiaj okazoj salte leviĝis, kuris al la infano kaj punis ŝin per severaj admonoj, iufoje eĉ per malforta bato sur la petolaj manoj.

Tiam Helka, ploranta kaj tremanta, falis antaŭ ŝi sur la genuoj, kisis ŝiajn genuojn kaj piedojn, murmuretante longajn pasiajn litaniojn de plej karesaj vortoj.

에벨리노 부인이 그 아이의 즐거워하는 얘기에 침묵이나 거의 무관심한 말로 답하거나, 자신의 침실 문을 잠근 채, 혼자 있게 되자, 그 아이는 거실 한구석의, 발 올려 두는 낮은 탁자에 앉아, 얼굴이 울어 퉁퉁 부은 채, 몸을 웅크린 채 혼잣말을 중얼거렸다. 그러고는 그녀의 부어오른 붉은 눈은, 에벨리노 부인에게 헬카 자신이 화나 있고, 눈에 띄게 못난 모습임을 확신하게 해 주었다.

한번은 그 아이는 자신에게 이젠 무관심한 보호자를 의도적으로 자극하려는 생각이 떠올랐다. 그런 식으로 그 아이가 그 부인 관심을 자신에게 돌릴 것을 누가 알겠는가? 책에 시선을 고정한 에벨리노 부인이 깊은 명상에 잠겨 있을 때, 헬카는 고양이 같은 발걸음으로 비스듬한 시선으로 그랜드 피아노 앞으로 다가가, 온 힘을 다해 건반을 두드리기 시작했다. 양손으로, 한때 그녀가 보호해 오던 아이가 만들어낸 그러한 불협화음에도 에벨리노 부인는 유쾌한 웃음을 자아내며, 그 아이에게 뽀뽀 세례를 퍼부었다.

그러나 지금 헬카는 훨씬 재미가 없어지고, 에벨리노 부인은 자주 슬픔과 갈망에 빠져버렸다. 이제 그 경우에 그 부인은 벌떡 자리에서 일어나, 아이에게 달려가, 엄한 훈계로 벌을 주었고 때로는 장난스런 손길로 "그러면 안 돼!" 라고 약하게 때리기도 했다. 그다음에 울며불며 헬카는 그 부인 앞에 무릎 꿇고, 그 부인 무릎과 발에 입을 맞추며, 가장 다정한 말로 길고 열정적으로 불평을 중얼거렸다.

—Mia kara — diris ŝi — mia ora··· mia plej kara···
mi petas··· mi petas···

Kaj kun levitaj okuloj, kun krucitaj manoj,
genuante ŝi silentis. Ŝi sentis, profunde kaj dolore ŝi
sentis, ke ŝi volas peti pri io, sed pri kio kaj kiel —
ŝi ne sciis.

Dum unu el tiaj scenoj, iun tagon la lakeo,
aperanta en la pordo de la salono, anoncis gaston
kun itala nomo. Sinjorino Evelino, kiu kun sentema
kaj bona koro, propra al ŝi, jam komencis esti tuŝita
de la humila kaj plena de ĉarmo pozo de la infano
kaj jam estis preta, kapti ŝin en sian ĉirkaŭprenon,
— ĉe la sono de la nomo ektremis, rektiĝis kaj
rapidis renkonte al la bela italo, al la glora artisto.
eniranta en la salonon.

Kiam ŝi salutis lin, la ridetoj kaj ruĝoj, kiuj kovris
ŝian vizaĝon, faris ŝin simila al riĉe floranta rozo.
La vizito daŭris longe — ĝis la malfrua vespero. La
mastrino de la domo kaj la gasto parolis itale, kun
granda vigleco, kun videbla deziro reciproke fari
plezuron unu al la alia. Baldaŭ oni alportis la
violonĉelon; sinjorino Evelino, sidante ĉe la
fortepiano, akompanis la ludon de la fama artisto.
Dum unu el la paŭzoj ili komencis interparoli pli
mallaŭte — eble volis komuniki unu al la alia ion
intiman kaj sekretan, ĉar iliaj kapoj sin klinis unu al
alia, kaj la italo etendis sian manon al la blankaj
fingroj de la virino, ripozantaj sur la klavoj,

"내 사랑이자" 그 아이가 말했다. "내 금쪽 같은… 가장 사랑하는 분이여… 부탁해요. 부탁해요." 그리고 그 아이는 두 눈을 치켜뜨고, 손을 모으고 무릎을 꿇고는 말이 없다. 그 애는 무언가를 요청하고 싶다는 느낌을 깊고 고통스럽게 느꼈지만, 그것에 대해 뭘 어찌해야 할지, 그 방법을 몰랐다.

다른 장면을 보자. 어느 날, 거실 출입문에 나타난 하인이 이탈리아 이름을 가진 손님이 왔다고 알렸다. 자신만의 특유의 예민하고 선한 마음을 지닌 에벨리노 부인은, 벌써 아이의 겸손하고 매력 넘치는 자세에 고무되어, 이미 헬카를 품에 안았다. -그때 그 이탈리아 손님 이름이 들리자, 그 부인은 몸을 떨고, 자신의 몸을 펴고는 거실로 들어서는 영예로운 예술가이자 잘생긴 이탈리아인을 만나러 서둘렀다.

부인이 손님에게 인사했을 때, 그녀 얼굴을 뒤덮은 미소와 홍조는 그녀를 풍성하게 피어난 장미처럼 보이게 했다. 손님 방문은 저녁 늦게까지 오랫동안 지속되었다. 그 집의 안주인과 손님은 서로를 기쁘게 하려는 눈에 띄는 욕구를 가지고 매우 활기차게 이탈리아어로 말했다. 곧 누군가가 첼로 악기를 들고 왔다. 그랜드 피아노에 앉아 있는 에벨리노 부인은 유명 예술가의 연주에 함께했다. 그러다 잠시 쉬는 동안, 그들은 좀 더 소리를 낮춰 이야기하기 시작했다. -아마도 그들은 서로에게 친밀하고 비밀스러운 것을 전달하고 싶었나 보다. 그 둘의 머리가 서로를 향해 기울어졌고, 이탈리아인이 열쇠 위에 얹힌 그 부인의 하얀 손가락에 손을 뻗었기 때문이다.

sed en la sama momento sinjorino Evelino forprenis sian manon, ŝiaj brovoj kuntiriĝis, esprimante malagrablan impreson, malpacience ŝi mordis la lipon kaj komencis laŭte paroli pri la muziko. La kaŭzo de tiu subita incitiĝo de la animo kaj fizionomio estis, ke ŝiaj okuloj renkontis paron da infanaj okuloj, safiraj kiel la itala ĉielo kaj fajraj kiel ĝi.

Helka, kuntiriĝinta kaj silenta, fiksis sur ŝi sian rigardon, kiel vundita birdo. Ŝi sidis proksime sur malalta piedbenketo kaj el la ombro, falanta sur ŝin de la fortepiano, rigardis la zorgantinon kiel ĉielarkon. En ĉi tiu ardo, obstine direktita al unu punkto, oni povis legi plendon, timon kaj, peton ⋯ Dum la sekvantaj tagoj la gasto kaj sinjorino Evelino povis diri unu al la alia nenion intiman aŭ sekretan; ilia interparolado devis promeni sur malkovritaj vojetoj, ĉar Helka, preskaŭ tute ne forlasanta la salonon, bone komprenis kaj eĉ ne malbone mem parolis itale.

Post kelke da tagoj sinjorino Evelino, atendante sian karan gaston, sidis sur la kanapo, kun la frunto apogita sur la mano, dronante en sopira kaj dolĉa medito. Pri kio ŝi pensis? Kredeble pri tio, ke Dio en sia senlima boneco sendis sur la malluman kaj malvarman vojon de ŝia vivo varman kaj helan radion de la suno.

그러나 동시에 에벨리노 부인은 그 손을 떼고, 눈썹이 수축되어 불쾌한 인상을 받고는, 당장 입술을 깨물고 음악에 대해 큰 소리로 이야기하기 시작했다. 이 갑작스러운 영혼과 얼굴색의 짜증이 된 원인은 그 부인 눈이 어디에서나 이탈리아 하늘처럼 맑고, 사파이어같이 빛나는 어린아이 눈과 마주쳤기 때문이다.

움츠러들고 말이 없는 헬카는 상처 입은 새와 같은 눈길로 그 부인을 바라보았다. 그 애는 발을 두는 낮은 탁자에 앉아, 그랜드 피아노에서 자신 위로 떨어지는 그림자 속에서 그 보호자를 무지개처럼 바라보았다. -완고하게 한 지점으로 향하는 이 열정 속에서 불만, 두려움, 요청이 읽힌다. 그 뒤 며칠간 손님과 에벨리노 부인은 서로에게 더는 친밀하거나 비밀스러운 것을 말할 수 없다. 그들 대화는 열린 길에서 산책을 통해야만 했다. 헬카는, 거의 거실을 떠나지 않고, 그 둘이 나누는 이탈리아말을 잘 이해하고, 심지어 나쁘지 않게 말할 줄 알기 때문이다.

며칠 뒤, 에벨리노 부인은 자신이 좋아하는 손님을 기다리며 소파에 앉아 이마를 손에 얹고 그리움과 달콤한 명상에 빠졌다. 그녀는 무슨 생각에 빠져 있을까? 하나님이 당신의 무한한 선하심으로 그녀 삶의 어둡고 추운 길에 따뜻하고 밝은 햇빛을 보내셨다는 사실에 대해 필시.

Ĉi tiu radio fariĝis por ŝi la genia kaj bela homo, okaze renkontita en la vasta mondo, kaj nun adoptita de ŝi kiel kara amiko de la animo kaj koro. Ho, kiel gravan rolon li ludos en ŝia vivo! Ŝi sentas tion per la pli rapida spirado de sia brusto, per la ondo de la vivo kaj juneco, kiu, ŝajnas, subite plenigis ŝian tutan estaĵon kaj kvazaŭ plenblovis la koron. Tiel malplena kaj enuiga, estis por ŝi la mondo, ŝi sentis sin tiel sola, tiel senrevigita de ĉio. Ŝi jam estis rigidiĝonta, jam proksimiĝis la maljuneco, morta apatio aŭ malluma melankolio jam minacis ŝin, kiam la Providenco pruvis ankoraŭ unu fojon, ke ĝi gardas ŝin, ke eĉ en la plej profunda malfeliĉo oni ne devas perdi la konfidon al ĉi tiu gardo. Rapide nur venu la genia, hela kaj kara amiko···

La medito de sinjorino Evelino estis interrompata de malgrandaj manoj, kiuj kvazaŭ neĝaj flokoj falis sur la nigrajn puntojn de ŝia vesto kaj nekuraĝe, petege kvazaŭ grimpis al ŝia kolo. Vekita, ŝi skuiĝis kaj haltigante la malpaciencon, delikate forpuŝis de si Helkan. Ŝi komprenis ŝian malpaciencon kiel gajan ŝercon. Tro longe ŝi estis amata, por facile ekkredi la repuŝon. Ŝi mallaŭte ekridis, karese kaj ree nekuraĝe dronigante la manojn en la puntoj, penis atingi kaj ĉirkaŭpreni ŝian kolon. Sed tiun ĉi fojon sinjorino Evelino salte leviĝis de la kanapo kaj sonorigis:

이 빛은 넓은 세상에서 빛나고 아름다운 인간으로 나타나, 그녀에게 인연을 만들어 주고, 이제 이 사람을 영혼과 마음의 소중한 친구로 받아들였다. 아, 이 사람은 그녀 인생에 얼마나 중요한 역할을 하게 될까! 그녀는 자기 가슴의 더 빠른 호흡으로, 삶과 젊음의 물결로 이를 느낀다. 이 사람이 그녀의 온 존재를 갑자기 가득 채웠고, 그녀 마음을 완전히 부풀게 했다. 그녀에게 세상은 너무 공허하고 지루했고, 너무 외로워 모든 것에 환멸을 느꼈다. 그녀는 이미 몸이 굳어지려고 했고, 노년이 다가오고 있고, 냉담함이나 어두운 우울함에 이미 그녀는 위협당하고 있다. 그때 하나님이 그녀를 지켜보고는, 가장 큰 불행 속에서도 이 수호자에 대한 신뢰를 잃어서는 안 된다는 것을 다시한번 입증해 주었다. '어서 오기만 하세요, 천재성을 갖고 밝고 귀한 친구여...' 에벨리노 부인의 명상은, 자기 옷의 검정 레이스들 위로 떨어지는 눈송이들처럼 자신의 목에까지 소심하게도 간청하며 기어오른 작은 두 손 때문에, 중단되었다.

명상에서 깨어난 부인은 자신의 몸을 흔들어 조급함을 참고는, 능숙하게 헬카를 자신에게서 밀쳐냈다. 아이는 그 부인의 조급함을 유쾌한 농담으로 이해했다. 아이는 밀침을 거절로 쉽게 믿을 수 없을 정도로 너무 장기간 사랑을 받아왔다. 아이는 부드럽게 웃으며 다정스럽게 반복적으로, 소심하게, 그 부인 옷의 레이스에 두 손을 파고들면서 그 부인 목에 안기려고 애썼다. 그러나 이번에는 에벨리노 부인이 소파에서 벌떡 일어나 초인종을 소리 냈다.

—Fraŭlinon Czernicka!

Czernicka enkuris kun peco da silka teksaĵo en la manoj, kun silka fadenaro sur la kolo, kun multe da pingloj en la korsaĵo, forte ruĝiĝinta kaj rapidanta. Pli ol de unu semajno ŝi direktis fabrikon de novaj vestoj kaj kostumoj, instalitan en la vestejo.

—Mia Czernicka, prenu Helkan, kaj ŝi restu tie ĉe vi, kiam mi havas gastojn. Ŝi malhelpas min paroli kun la gastoj⋯ Ŝi enuigas min⋯

—La fraŭlino estas neĝentila!

Kun ĉi tiuj vortoj la ĉambristino sin klinis super la infano, kaj sur ŝiaj lipoj glitis ŝia kutima rideto, iom sarkasma kaj iom malĝoja; ŝia brusto, kuntirita per nigra, malvasta korsaĵo, tremis de haltigata rido aŭ eble de kolero, oni ne scias. Preninte Helkan je la mano, kiu kun pala vizaĝo staris senmove kvazaŭ koloneto, dum unu momento ŝi fikse rigardis la vizaĝon de la sinjorino.

—La fraŭlino ŝanĝiĝis⋯ — diris ŝi malrapide.

—Ŝanĝiĝis — ripetis sinjorino Evelino kaj sopirante, kun gesto de plej alta malkontenteco aldonis: — Mi ne komprenas, kiel mi povis tiel ami la enuigan infanon!⋯

—Ho! ĝi estis iam tute alia!

—Ĉu ne vere, kara Czernicka, tute alia⋯ Ŝi estis iam bela⋯ sed nun⋯

—Nun ŝi fariĝis enuiga⋯ — Terure enuiga⋯ Prenu ŝin, kaj ŝi restu ĉiam ĉe vi⋯

"체르니츠카 양!"

체르니츠카는 손에 비단 천 조각을 들고, 목에 비단 실타래를 하고, 코르셋에는 많은 바늘을 꽂은 채, 충분히 얼굴을 붉힌 채 서두르며 달려왔다. 일주일 넘게 그녀는 의상실에 둘, 새 옷가지들과 옷에 장식품들을 만들어왔다.

"나의 체르니츠카, 내 손님이 오시면, 자네가 헬카를 데리고, 함께 머물게 줘. 저 애가 내가 손님들과 이야기하는 것을 방해하니… 저 애가 나를 지루하게 만드니…."

"애가 예의가 없나 보네요!"

이 말과 함께 하녀는 아이 위로 몸을 굽혔고, 그녀 입가에는 평소와 같이 약간 냉소적이고 약간 슬픈 미소가 떠올랐다. 검고 좁은 코르셋으로 조여진 그녀 가슴은 웃음을 참는 것인지 아니면 화가 나서 그런지는 아무도 모른다. 체르니츠카 양은, 창백한 얼굴을 하고서 마치 작은 기둥처럼 꼼짝없이 서 있는 헬카 손을 잡고는 잠시 그 부인 얼굴을 뚫어지게 바라보았다.

"저 애가 변했어요…." 그녀가 천천히 말했다.

"변했다네." 에벨리노 부인이 되풀이해 말하고는 가장 큰 불만스러운 몸짓으로 갈망하며 덧붙였다. ―내가 어떻게 저렇게 지루한 아이를 그토록 사랑할 수 있는지 이해할 수 없구나!

"오! 저 애가 완전 달라졌어요!"

"그게 정말이거든. 그렇지 않니, 체르니츠카 양, 완전 달라졌어. 쟤는 한때 아름다웠지만… 지금은…."

"이제 쟤는 징그러… 정말 징그러워. 쟤를 이젠 데려가, 자네가 늘 옆에 두게."

Czernicka elkondukis la ŝtoniĝintan kaj blankan kiel tolo Helkan. Ĉe la sojlo Czernicka ankoraŭ ekaŭdis:

—Kara Czernicka!

Ŝi returnis sin kun humila rapideco kaj flata rideto.

—Kaj mia vesto el malbrila silko? Zorgu, mi petas, ke oni bele aranĝu la manĝotablon··· ne forgesu ankaŭ pri la deserto··· Vi scias, italoj manĝas preskaŭ nenion krom fruktojn kaj glaciaĵon···

—Ĉio estos laŭ viaj ordonoj, sinjorino, mi petas nur pri la ŝlosiloj al la puntoj kaj ŝtofoj kaj pri mono por ĉio···

En la ĉambro de Czernicka estis silente. La horloĝo, pendanta super la senfunda kofro, sonoris la noktomezan horon.

Proksime de la kurtenoj, ŝirmantaj la liton de la ĉambristino, apud la muro staris blanka lito infana, skulptita el nuksarbo, kun neĝeblanka litaĵo. Sur la tablo, apud kudromaŝino, brulis lampo, kaj sur la fono, bele lumigita de ĝi, estis klare videblaj la nigraj konturoj de la virino, diligente laboranta. Ĉe ŝiaj piedoj, sur malalta piedbenketo sidis Helka, vartante sur la genuoj la dormantan Elfon. Czernicka zorge kunmetis kaj kunkudris kokardojn el nigra silko, sed kiam el la profundo de la domo, el la salono, ŝiajn orelojn atingis kunigitaj, plendaj tonoj de la fortepiano kaj violonĉelo,

체르니츠카는 돌처럼 굳은 채 있는, 백짓장처럼 된 헬카를 데리고 나갔다. 문턱에서 체르니츠카는 여전히 이 말을 들었다.

"체르니츠카 양!"

그녀는 겸손한 속도와 아첨하는 미소로 돌아섰다.

"내 어둔 색의 실크 드레스는? 신경 좀 써줘. 식탁 잘 차려줘. 디저트도 잊지 마. 아다시피 이탈리아인들은 과일과 아이스크림만 먹거든."

"모든 것은 마님 명령대로 될 것입니다, 마님. 저는 레이스와 천을 담는 열쇠와 그 모든 것에 대한 돈만 요청하면 되구요."

체르니츠카의 방은 조용했다. 바닥없는 트렁크 위에 걸려 있는 시계가 자정을 소리 내어 알렸다.

하녀 침대를 가린 커튼 근처의 벽 옆에는 호두나무를 깎아 만든 유아용 흰색 침대가 있고 눈처럼 하얀 침구가 깔려있다. 테이블에 놓인 재봉틀 기계 옆에는 등불이 타고 있고, 그 배경에는, 그 불빛에 비쳐 부지런히 일하는 여성의 검은 윤곽들이 아름답고도 선명하게 보였다. 체르니츠카 발 근처에 둔 낮은 탁자에 헬카가 자신의 무릎에 자는 개 엘프를 안고 앉아 있다. 체르니츠카는 검정 비단 장식을 조심스럽게 붙이고 꿰매고 있다. 그때 그 집 깊숙한 곳인 거실에서 그랜드 피아노와 첼로가 합주 되었으나 고르지 않은 멜로디가 자신 귀에 닿자,

ŝi fiksis sian nuban rigardon sur la kapo de Helka, klinita super la hundo, kaj delikate tuŝante ĝin per la fingro, armita per fingringo, diris:

—Ĉu vi aŭdas? Ĉu vi memoras? Ankaŭ vi iam estis tie!

La infano levis la vizaĝon, forte paliĝintan de kelke da tagoj, kaj silente rigardis la pli maljunan kunulinon per okuloj, plenaj de medito, kvazaŭ kunkreskinta kun ili.

—Kial vi tiel larĝe malfermas la okulojn, rigardante min?

Kial vi miras? Prefere iru dormi⋯ Vi ne volas? Vi pensas, ke la sinjorino vokos vin! Ne baldaŭ tio okazos. Mi iom kompatas vin. Ĉu vi volas? Mi rakontos al vi longan, belan fabelon⋯

Helka tiel saltis sur la seĝon, ke Elf vekiĝis. Fabelo! Iam ŝi ofte aŭskultis fabelojn, rakontatajn de sinjorino Evelino.

—Silentu, Elf, silentu! Sed ne dormu! Aŭskultu! La fabelo estos longa kaj bela.

Czernicka ĵetis sur la tablon pretan dekan kokardon, kaj komencante kunmeti dekunuan, rigardis el sub la brovoj la infanon, iom gajigitan. Ŝiaj fingroj iom tremis, kaj la rigardo malĝojiĝis. Post momento per mallaŭta voĉo kaj ne ĉesante kudri, ŝi komencis:

—Estis foje, en nobela regiono, juna, beleta knabino.

체르니츠카는 개를 내려다보는 헬카를 흐릿한 눈길로 보고는, 자신의 골무 낀 손가락으로 헬카 머리를 건드리며 말했다.

"너도 들리니? 기억이 나니? 너도 저기에 한때 있었어!"

아이가 며칠 전부터 창백해진 얼굴을 들었다.

그리고 그 아이는 생각이 많은 눈으로 하녀 언니를 조용히 바라보았다. 마치 그 둘이 함께 성장한 듯이.

"왜 그렇게 눈을 크게 뜨고 토끼 눈처럼 나를 보니? 왜 그리 놀라? 자러 가는 게 좋겠어. 자러 가고 싶지 않니? 마님이 너를 다시 부를 걸 생각하는구나! 그런 일은 곧 일어나지 않아. 네가 좀 불쌍해 보여. 그럼, 너는 그것 원하니? 길고 아름다운 동화 말이야. 내가 동화 하나 들려줄게."

헬카는 엘프를 깨울 만큼 그렇게 그 낮은 의자 위로 뛰어올랐다. 동화라니! 그녀는 에벨리노 부인이 전해주는 동화들을 자주 들어 왔다.

"조용, 엘프, 조용해! 졸면 안 돼! 들어 봐! 이 동화는 길고 아름답다네."

체르니츠카는 만들어놓은 모자에 쓸 꽃 매듭을 열 개째 만들어 테이블에 던져 놓고는, 열한 번째 꽃 매듭을 만들기 시작하면서 눈썹 아래에서 다소 흥미를 느낀 그 아이를 내려다보았다. 그녀 손가락들은 조금 떨리고 표정은 슬펐다. 잠시 뒤, 낮은 목소리로, 바느질은 멈추지 않은 채 그녀는 이야기를 시작했다.

"한번은 말이야, 귀족이 사는 어느 구역에 젊고 아름다운 소녀가 살고 있었단다.

Ŝi vivis feliĉe ĉe la gepatroj, inter siaj fratoj kaj parencoj, sub la blua dia ĉielo kaj inter la verdaĵo de la amata tero, malfacile laborante, tio estas vera, sed sana, freŝa, ruĝa kaj gaja. Ŝi jam estis dekkvinjara kaj jam elektis ŝin knabo — najbaro kiel estontan edzinon, kiam subite, okaze ekvidis ŝin riĉa kaj tre bona sinjorino. La sinjorino ekvidis la junan knabinon foje, dimanĉe, kiam en festa vesto ŝi portis el la arbaro kruĉon da fragoj. La sinjorino ekvidis kaj tuj ekamis ŝin. Pro kio? Oni ne scias. Oni diras, ke la knabino havis belajn okulojn, eble beleta ŝi ŝajnis sur la verda kamplimo, en la ora tritiko, kun ruĝa rubando ĉe la kaftano kaj kun kruĉo da fragoj en la mano. La bona sinjorino alveturis en belega kaleŝo antaŭ la dometon de ŝiaj gepatroj kaj prenis ŝin kun si.

Ŝi diris, ke ŝi donos al ŝi edukon, enkondukos ŝin en la mondon, certigos al ŝi estontecon kaj feliĉon··· La estontecon··· kaj fel··· iĉon!

La du lastajn vortojn ŝi elparolis kun akcento, kun siblo, kaj ĵetinte sur la tablon la dekunuan kokardon, komencis kunmeti dekduan.

—Kaj poste? Kaj poste, mia fraŭlino Czernicka, kaj poste? — babilis la infano sur la piedbenketo. Elf ankaŭ ne dormis, kaj sidante sur la genuoj de la infano, per siaj du nigraj, rondaj okuloj kompreneme rigardis la vizaĝon de la rakontanta fraŭlino.

그녀는 부모님, 형제 및 친척과 함께 행복하게 살고 있었단다. 푸르고 맑은 하늘 아래서 사랑하는 땅의 녹지에서 일하는 것은 좀 어려워했지, 그 말은 진짜이지, 하지만 건강하고 싱그럽게 빨간 얼굴에 쾌활했단다. 당시 그 소녀가 어느덧 열다섯 살이 되어, 이웃집 소년이 이미 그 소녀를 자신의 미래 아내로 점 찍어 두었지. 그런데 갑자기 인근의, 아주 착한 부잣집 부인이 그 소녀를 우연히 보게 되었단다. 어느 일요일, 그 부인은 축제용 드레스를 입고 숲에서 딴 딸기 한 주전자를 들고 오던 그 소녀를 보게 되었단다. 부인은 소녀를 보자마자 사랑에 빠졌단다. 무엇 때문인지는? 잘 몰랐단다. 사람들 말로는, 그 소녀가 아름다운 눈을 가졌고, 아마도 초록 들판 저 멀리 황금빛 밀밭에서 카프탄드레스에 빨간 리본을 달고 한 손에는 한 주전자의 딸기를 들고 있었으니 예뻤단다. 그 착한 부인이 아름다운 4륜 포장마차를 타고 그 소녀 집을 찾아와 그곳 부모님을 만나, 그 소녀를 데리고 가게 되었단다. 그 부인이 그 소녀에게 교육을 해주고, 세상으로 안내해 주고, 그 소녀 장래와 행복을 보장하리라고 하면서…." 장래와 행…복이라는 낱말을 그녀는 좀 강조했으나 내키지 않은 듯이 말했다.

그러고는 테이블 위에 열한 번째 꽃 매듭을 완성한 뒤, 이를 던져 놓고는, 열두 번째 꽃 매듭을 만들기 시작했다.

"그래서요? 체르니츠카 언니, 그다음은요? 그다음은요?" 낮은 탁자에서 그 아이가 그다음 이야기가 궁금해 물었다. 엘프도 아직 잠자지 않고 있다,

그리고 개 엘프는 아이 무릎에 앉아 검고 동그란 두 눈동자로 이야기를 하는 하녀 언니 얼굴을 이해가 된다는 듯이 바라보았다.

—Poste — jen kio estis. La bona sinorino amis forte, forte la junan knabinon dum tutaj du jaroj. Ŝi ĉiam havis ŝin ĉe si, ofte kisis, instruis paroli france, gracie paŝi, paroli kaj manĝi, alkudri vitroperlojn sur kanvaso… poste…

—Kio estis poste! Kio estis poste?

—Poste ŝi komencis ŝin ami jam multe malpli, kaj fine, foje, okaze ŝi renkontis grafon. Tiam la juna knabino fariĝis tre enuiga kaj — iris en la vestejon… Feliĉe, ŝi havis multe da gusto kaj lerteco, la bona sinjorino ordonis instrui ŝin kudri kaj fari diversajn laboraĵojn. La knabino fariĝis ĉambristino. Sen la ekstrema boneco de la sinjorino, la knabino posedus nun propran dometon en la nobela regiono, edzon, infanojn, sanon kaj ruĝan vizaĝon. Sed la sinjorino certigis al ŝi la estontecon kaj fel… iĉon… De dek du jaroj ŝi kudras por la bona sinjorino elegantajn vestojn dum tutaj noktoj, akre admonas ŝiajn ĉambristinojn kaj lakeojn, ĉiumatene metas sur ŝiajn piedojn ŝtrumpojn kaj ŝuojn, ĉiuvespere faras el ŝia litkovrilo belajn drapiraĵojn… Ŝi estas apenaŭ tridekjara, sed ŝi havas la aspekton de maljuna virino…

Malgrasiĝinta, nigriĝinta, ŝi komencas malsaniĝi je la okuloj… ŝia maljuneco baldaŭ venos, kaj ŝi devas memori pri tio… ah, ŝi devas memori pri sia maljuneco, ĉar se ŝi mem ne memorus pri ĝi, hodiaŭ, morgaŭ,

"그러고는… 무슨 일이 있었는지 보자. 그 착한 부인은 2년 동안 그 소녀를 아주 아주 많이 사랑했단다. 부인은 항상 그 소녀를 곁에 두고, 종종 키스했고, 프랑스어를 말하는 법, 우아하게 걷는 법, 격식 있게 말하기와 식사 예절, 캔버스 천에 유리 구슬 꿰매는 법을 가르쳤단다. 그러고는….."

"그다음에는 무슨 일이 일어났나요? 다음은 무엇이었나요?"

"나중에 그 부인은 이제 그 소녀에 대한 사랑이 훨씬 약해졌거든. 때마침 어떤 백작 한 분을 여러번 만났단다. 그때 그 소녀에게 매우 지루해진 부인은 그 소녀를 의상실로 들여 보냈단다. 다행스럽게도 그 소녀는 많은 취향과 기술을 가지고 있었기에, 그 착한 부인은 그 소녀에게 이르기를, 바느질하고 또 다른 가사 일을 하라고 했단다. 이제 소녀는 하녀가 되었단다. 그 여인의 극도의 선함이 없었더라면, 소녀는 이제 귀족이 사는 구역에서 자신만의 작은 가옥은 물론, 남편, 자녀, 건강, 붉은 얼굴도 지닐 수 있었겠지. 그러나 그 부인이 소녀에게 장래를 약속했고, 행… 복도 약속했기에…. 12년 전부터 소녀는 밤새도록 착한 부인을 위해 우아한 옷을 바느질하고, 그 부인이 거느리는 하녀와 하인들을 날카롭게 훈계했으며 매일 아침 긴 양말과 신발을 그 부인 발에 신겼단다. 또 매일 저녁 그 부인의 침대보를 펴서 아름다운 장식용 휘장이 잘 보이도록 했단다. 그 소녀는 서른 살도 채 못되어, 노파의 모습으로 변해 있단다. 수척하고 검게 변하고 눈병도 생기더니….

노년기도 곧 올 거야. 또 그녀는 그 점을 기억해야 해. 아, 그녀는 자신의 노년기를 예상해야 한단다. 그녀 자신이 그것을 기억하지 못한다면 오늘, 내일,

kiam la bona sinjorino ekdeziros meti sur ŝian lokon iun alian en la vestejo, ŝi devos reveni en sian nobelan regionon, al la graco de siaj fratoj, kiel objekto de la homa rido, al··· mizero! Jen la komenco de la fabelo!

Sur la tablo jam kuŝis dekkelko da pretaj kokardoj. Czernicka prenis longan, susurantan pecon da nigra silko kaj komencis dismeti ĝin en pentrindajn faldojn kaj volvaĵojn. Ŝiaj fingroj tremis pli forte ol antaŭe, kaj la flavaj palpebroj rapide, rapide palpebrumis, eble por sufoki la larmojn, kiuj tremis sur la okulharoj. Ŝi ekrigardis Helkan kaj laŭte ekridis.

—Ah, — ekkriis ŝi — vi malfermis la okulojn, kvazaŭ vi volus engluti min. Ankaŭ la hundo fiksas sur mi siajn okulojn, kvazaŭ ĝi komprenus la fabelon. Ĉar tio estas fabelo··· ĉu mi devas daŭrigi?

—Kio estis poste? — murmuretis la infano.

Czernicka kun granda graveco en la voĉo kaj sur la vizaĝo respondis:

—Poste — estis la grafo···

—Kaj poste?···

—Baldaŭ poste la sinjorino forveturis Parizon kaj en iu urbo, okaze, ekvidis belegan papagon, hele ruĝan, kun ruĝa beko···

Helka faris vivan movon.

—En Vieno··· — ekkriis ŝi — en ĝardeno, estas multe, multe da papagoj ··· belaj··· belaj···

착한 부인이 의상실의 그녀 자리를 다른 사람으로 채워버리면, 그녀는 자신의 귀족이 살던 구역으로 가야 하고, 그의 형제들의 은혜로 살아가거나, 그곳 사람들의 비웃음 대상으로, 비-참-함으로 돌아가야 할 것이란다! 그렇게 그 동화가 시작되었단다!"

테이블 위에는 이미 열 몇 점의 꽃 매듭이 완성되어 놓여 있다. 체르니츠카는 길고 바스락거리는 검은 비단 조각을 집어 그림에 견줄만한 주름과 뭉치에다 펼쳐 놓았다. 그녀 손가락들은 이전보다 더 세게 떨렸고, 속눈썹 위에서 떨리는 눈물을 참기 위해 노란 눈꺼풀을 빠르게, 또 빠르게 깜박였다. 그녀는 헬카를 바라보며 크게 한번 웃었다.

"아이쿠나," 체르니츠카 양이 외쳤다. "넌 이번에는 나를 집어삼키려는 듯이 눈을 토끼 눈처럼 동그랗게 하네. 저 개도 나를 쳐다보네, 마치 저 개가 그 동화 이해한 것처럼요. 정말 동화니까… 내가 계속해?"

"다음에는 무슨 일이 일어났나요?" 아이는 중얼거렸다.

체르니츠카는 매우 진지한 목소리와 얼굴로 대답했다.

"그다음에는, 그 백작이 계셨지."

"그다음에는요?"

"곧이어 부인은 파리로 여행을 떠나, 여행 중 어느 도시에서 우연히 붉은 부리를 가진 엄청 아름다운 앵무새를 보았단다."

헬카는 활기차게 움직였다.

"비엔나라는 도시에…" 헬카가 외쳤다. "비엔나 정원에는 앵무새들이 엄청 많다고 해요. 정말 예쁘다던데요."

—Jes, jes; — tiu papago estis ankoraŭ pli bela ol tiuj, kiuj estas en Vieno⋯ La sinjorino ĝin aĉetis por si kaj forte ekamis.

Dum pli ol unu jaro ŝi forlasis ĝin neniam.

Por la nokto oni transportis ĝin kun la kaĝo el la salono en la dormoĉambron.

La sinjorino instruis ĝin paroli france, nutris ĝin per plej bongustaj frandaĵoj, karesis ĝiajn plumojn, kisis ĝian bekon⋯

La faldado de la silko estis finita. Czernicka pendigis elegantan drapiraĵon kaj komencis enuigan krispigon de la ekstremoj de larĝa silka skarpo per kudrilo⋯ Sub la batoj de la kudrilo la ŝtofo akre grincis, la horloĝo super la kofro sonoris la unuan horon, el la salono ree alfluis la tonoj de la violonĉelo kaj fortepiano, kvazaŭ sin ĵetantaj en pasian ĉirkaŭprenon, post pli ol kvaronhora silento.

—Kio estis poste? Kio estis poste? — murmuretis la senpacienca kaj samtempe tima voĉo de la infano.

Elf ne estis scivola pri la fino de la fabelo. Li ekdormis en la ĉirkaŭpreno de Helka.

—Poste⋯ mi ne memoras plu kial kaj kiel, la papago fariĝis tre enuiga⋯ kaj iris en la vestejon. En la vestejo ĝi fariĝis malĝoja, ĉesis manĝi, ekmalsanis kaj mortis. Sed la sinjorino tute ne ploris pri ĝi, ĉar ŝi havis belan hundon⋯

—Mi scias! Mi jam scias! — subite ekkriis Helka.

"그래, 그래. 그 앵무새는 비엔나에 사는 앵무새들보다 훨씬 아름다웠지. 그 부인이 직접 그 앵무새를 구입하고는 엄청 사랑하기 시작했단다. 1년을 좀 넘길 때까지는 그 부인은 그걸 곁에 두었지, 밤엔 그 앵무새를 담은 새장을 거실에서 침실로 옮겨갔단다.

그 부인은 그 앵무새 녀석에게 프랑스어를 가르치고, 가장 맛있는 음식을 먹이고, 깃털을 쓰다듬고, 부리에 뽀뽀까지도 했단다."

체르니츠카 양의 비단 접기가 완료되었다. 체르니츠카는 우아한 휘장을 걸어두고는, 바늘로 넓은 실크 스카프의 양 끝단에 지루하게 주름 작업을 시작했다. 바늘이 부딪칠 때마다, 천이 날카롭게 삐걱거리고, 바닥에 놓인 트렁크 저 위의 벽시계가 거실에서 새벽 1시를 알리는 소리를 냈다. 15분 이상의 침묵 끝에, 첼로와 그랜드 피아노의 선율이 열정적인 포옹에 몸을 던진 듯 다시 흘러나왔다.

"그래서 그다음은 무슨 일이 일어났나요? 다음은 무슨 일이 있었나요?" 그 아이의 조바심과 동시에 두려운 목소리가 말했다.

개 엘프는 그 동화 결말이 궁금하지 않다. 개는 이미 헬카 품에 안겨 잠들었다.

"나중에… 왜, 어떻게 되었는지는 기억나지 않지만, 그 앵무새가 또 너무 지루해졌단다. 그래서 이런 의상실로 오게 되었단다. 앵무새는 의상실에서 풀이 죽어, 먹는 것도 중단하고, 그만 병에 걸려 죽어버렸단다. 하지만 부인은 그 앵무새에 대해 전혀 슬퍼하지 않았단다. 왜냐하면, 그 부인에게는 아름다운 개가 있었기 때문이지."

"이제 알겠어요! 나는 이미 알겠어요!" 헬카가 갑자기 외쳤다.

—Kion vi scias?

—La finon de la fabelo.

—Do diru.

—Ankaŭ la hundo iris en la vestejon···

—Kaj poste?

—Poste estis knabino···

—Kaj?

—La sinjorino amis la knabinon···

—Kaj poste — interrompis Czernicka — ŝi renkontis faman muzikiston···

—Kaj la knabino iris en la vestejon.

La lastajn vortojn Helka diris per murmureto apenaŭ aŭdebla.

Czernicka levis la okulojn de super la krispoj de la silko kaj ekvidis infanan vizaĝon je tre stranga aspekto. Tio estis malgranda, bele desegnita vizaĝo, blanka en la nuna momento, kiel oblato, kun du fluoj de silentaj, grandaj larmoj, malrapide ruliĝantaj sur la vangoj, kun du safiraj grandaj okuloj, kiuj de post la larmoj sin levis al ŝi kun senvorta, senfunda, ŝajnas, miro.

Ŝi komprenis la fabelon··· sed ŝi ne ĉesis miri.

Czernicka ree palpebrumis kelke da fojoj. Ŝi leviĝis kaj levis la infanon de la piedbenketo.

—Sufiĉe — diris ŝi — da fabeloj kaj maldormo··· Vi povas malsaniĝi··· Iru en la liton.

Ŝi senvestigis kaj kuŝigis la infanon, kiu tute ne kontraŭstaris, silenta kiel dormo

"넌 뭘 알 수 있니?"

"그 동화 끝을요."

"그럼 말해봐."

"개도 나중에 의상실로 들어가게 되었네요."

"그다음에는?"

"그다음에는 어떤 소녀가 있었지요."

"그러고는?"

"그 부인은 그 소녀를 사랑했겠지요."

"그리고 그다음에는" 체르니츠카가 말을 중단했다. "그 부인이 유명 음악가를 만나게 되었지."

"그리고 그 소녀는 의상실로 오게 되었겠지요."

헬카는 거의 들리지 않는 속삭이듯이 그 마지막 말을 했다.

체르니츠카는 비단 주름 작업에서 두 눈을 들어, 매우 이상한 모습으로 있는 어린아이 표정을 보았다. 작고 아름답게 디자인된 얼굴이고, 지금 이 순간, 약포지처럼 하얗고, 조용히, 큰 눈물 두 줄기가 천천히 뺨을 따라 굴러내리고 있다. 그 두 개의 커다란 사파이어 같은 눈이 그녀 눈물 뒤에서 말없이, 끝이 없는 놀람처럼 보였다.

아이는 그 동화를 이해해도… 아이는 궁금해하는 것을 멈추지 않았다.

체르니츠카는 자신의 두 눈을 몇 번 깜박였다. 그녀는 일어나, 낮은 의자에 있는 그 아이를 들어 올렸다.

"이젠 동화 이야기와 잠 못 이루는 밤은 그만해. 넌 아플 수도 있어. 이제 자거라."

체르니츠카는 전혀 저항하지 않은 채 있고 잠처럼 조용한 아이를 옷 벗기고 침대에 눕혔다.

kaj senĉese levanta al ŝi de post la larmoj siajn demandantajn okulojn. Poste ŝi prenis Elfon, kiu jam kuŝiĝis sur la piedbenketo, kaj metis lin sur ŝian litkovrilon, kredeble kiel konsolon. Ŝi sin klinis al la infano kaj tuŝis ĝian frunton per sekaj lipoj.

—Kion fari? — diris ŝi. — Mi ne estis malbona al la papago, mi ne estis malbona al Elf, mi ne estos malbona ankaŭ al vi⋯ dum vi restos ĉi tie. Dormu!

Per malpeza eleganta ŝirmilo ŝi kovris la liton de la infano de la lampa lumo, revenis al la tablo kaj komencis kunkudri per la maŝino blankajn muslinojn. Ŝia seka kaj lerta brako rapide movis la turnilon, kaj la rado de la maŝino bruis, ĝis en la antaŭĉambro la dormema lakeo fermis la pordon post la foriranta gasto. Ekstere jam brilis tiam la malfrua aŭtuna mateno.

El la dormoĉambro de sinjorino Evelino eksonis sonorileto. Czernicka salte leviĝis de la seĝo kaj viŝante la okulojn, lacajn de la tutnokta laboro, rapide elkuris el la ĉambro.

그리고 아이는 눈물 뒤에 끊임없이 의심하는 눈길을 그녀에게 들어 올렸다. 그다음 그녀는 이미 낮은 의자에 누워 있던 개 엘프를 데려다가 그 침대 위에 올려놓았다. 아마도 위로의 의미였을 것이다. 그녀는 그 아이를 향해 몸을 굽혀 마른 입술로 그 아이 이마를 건드렸다.

"이제 무엇을 해야 하나?" 그녀가 말했다. "난 그 앵무새보다 나쁘지 않았거든, 나는 엘프보다 나쁘지 않을 거야. 나는 너한테도 앞으로 나쁘게 대하지 않을 거야. 네가 여기 있는 동안에는. 이제 자거라!"

그녀는 가볍고 우아한 침대보로 등불 아래에 그 아이 침대를 덮고 탁자로 돌아와, 재봉틀 기계로 흰색 모슬린[13] 천을 꿰매기 시작했다.

그녀의 건조하고 민첩한 팔이 재빨리 방향기를 움직이자, 그 기계 바퀴가 소리를 냈다.

전실에는 졸린 하인이 떠나는 손님을 뒤따라 가, 대문을 닫았다. 밖은 이미 늦가을 새벽이다. 에벨리노 부인 침실에서 초인종 이 울렸다.

체르니츠카는 자신의 의자에서 벌떡 일어나 밤새도록 일해 힘든데도, 두 눈을 비비며, 재빨리 방을 뛰쳐나가 그 부인 침실로 갔다.

---

13) *역주: 소모사(梳毛絲)를 써서 평직(平織)으로 얇고 보드랍게 짠 모직물.

Ĉapitro III

Duonjaro pasis de la rea forveturo de sinjorino Evelino, kiu forlasis la urbon baldaŭ post la forveturo de la fama artisto el Ongrod. Eta, sed densa marta pluvo senbrue falis de la griza ĉielo, kaj kvankam ekstere pli ol unu horo mankis ankoraŭ ĝis la subiro de la suno, en la malalta, malgranda dometo de la masonisto Jan jam fariĝis mallume.

En la malklara kaj pluva printempa tago, du malgrandaj fenestroj lokitaj preskaŭ tuj super la tero, avare lumigis la sufiĉe vastan ĉambron, kun malalta plafono sur traboj, kun muroj, kovritaj per nigriĝinta kaj malglata stukaĵo, kun argila planko kaj granda forno por baki panon kaj kuiri, pleniganta preskaŭ kvaronon de la ĉambro. La forno estis granda, tamen inter la malnovaj, malaltaj kaj maldikaj muroj oni sentis la amasigitan rancecon kaj malsekecon. Krom tio ĉe la muroj staris tie benkoj, kelke da seĝoj el flava ligno, malgranda komodo kun sanktaj pentrajoj, du malaltaj simplaj litoj, barelo kun akvo kaj barelo kun acidigita brasiko, kaj proksime de la forno mallarĝa kaj malalta pordo kondukis en etan kameron, dormoĉambron de la posedantoj de la dometo.

제3장 옛집으로 돌려보낸 소녀는 선한 부인이 그립다

　온그로드 출신의 그 유명 예술가가 떠난 직후, 에벨리노 부인도 그 도시를 또다시 떠났다. 그로부터 실제로 반년이 지났다. 3월의 가늘고 짙은 비는 회색 하늘에서 소리 없이 내렸고, 밝은 해가 지기까지 한 시간 이상 남았지만, 벽돌장이 안의 낮고 작은 집은 벌써 어두워졌다.

　어둡고 비 내리는 봄날, 땅바닥 바로 위에 자리한 작은 창문 2개는 충분히 넓은 방을 희미하게 비췄다. 서까래 위의 천장은 낮다, 검은 벽에는 거친 석회가 발라져 있다. 바닥은 점토로 되어 있다. 빵 굽고 요리용으로 쓰는 큰 벽난로가 방의 4분의 1의 자리를 차지하고 있다. 대형 벽난로에는 낡고 낮고 얇은 벽 사이에서 썩은 내와 습기가 물씬 느낄 수 있다. 그 밖에 사방 벽에는 벤치, 노란 나무의자 몇 점, 성화 그림이 놓인 작은 옷장, 낮고 평범한 침대 둘, 대형 물통과 절인 양배추를 담은 대형 통이 하나씩 놓여 있다. 벽난로 옆에 그 작은 집 소유주들이 사용하는 작은 골방과 침실로 통하는 좁고 낮은 출입문이 있다.

Nun la familio de la masonisto, kolektiĝinte en la malvasta ĉambro, sidiĝis por vespermanĝi. Jan, diktrunka, forta viro kun malmolaj starantaj haroj, densaj kvazaŭ arbaro, ĵus revenis de la laboro, demetis la antaŭtukon, ŝmiritan de argilo kaj kalko, kaj sidiĝis ĉe la tablo en veŝto kaj en manikoj de dika ĉemizo.

Janowa, nudpieda, en mallonga jupo kaj tuko, krucita sur la brusto, kun dika senorda harligo, ĵetita sur la dorson, ekbruligis grandan fajron en la profundo de la forno kaj kuiris tie farunbuletojn. Apud la muro, sur lito, sidis kaj gaje babilis areto da infanoj. Ili estis tri: dek dujara knabo, diktrunka kaj forta, kun densaj kaj starantaj haroj, kiel la patro, kaj du knabinoj, ok- kaj dekjaraj, nudpiedaj, en jupoj longaj ĝis la planko, sed ruĝvangaj kaj plenigantaj la tutan ĉambron per sia rido. Ridigis ilin tiel Wicek, kiu kuŝante sur la lito kaj strange petolante per la nudaj piedoj, rakontis al ili pri siaj aventuroj, travivitaj en la malsupera lernejo, kiun li vizitis de la komenco de la jaro. Ĝis kiam Janowa ekbruligis la fajron, povis ŝajni, ke en la ĉambro, ekster la gepatra paro kaj la tri infanoj, estis neniu. Sed kiam la brilo de la fajro lumigis la malluman kontraŭan angulon de la ĉambro, aperis ankoraŭ unu malgranda homa estaĵo, sidanta sur la alia lito.

지금 벽돌장이 가족은 좁은 방에 저녁 식사하러 모여 있다. 숲처럼 짙은 숱에 꼿꼿한 머리카락을 가진 덩치 크고 건장한 남편 얀은 이제 막 하루 일을 마치고 돌아와, 점토와 석회가 묻은 작업복 앞치마를 벗고는 조끼와 두꺼운 소매가 달린 옷을 입고 식탁에 앉았다.

짧은 치마와 가슴 위로 교차하는 천 조각을 두르고서 아내 야노바가 두껍고 어수선한 땋은 머리카락을 등 위로 던져 놓은 채 벽난로 저 깊은 곳에서 맨발로 큰 불을 피우고 거기에서 밀가루 반죽으로 만든 새알심으로 요리하고 있다. 벽 옆의 침대에는 한 무리의 아이들이 즐겁게 이야기를 나누고 있다. 아이들은 3명이다. 땅딸막하고 건장한 열두 살짜리 소년은 아버지를 닮아 굵고 꼿꼿한 머리카락이고, 여덟 살 소녀와 열 살의 소녀는 맨발로 바닥까지 닿는 치마를 입고 있고, 그 둘의 뺨은 빨갛다. 그리고 방 전체를 그들 웃음으로 가득 채웠다. 침대에 누워 맨발로 이상한 장난을 치는 비체크는 연초부터 다니는 초등학교에서 겪었던 모험담을 들려주어 동생들에게 웃음을 자아냈다. 아내 야노바가 불을 피울 때까지는 방 안에는 부모 부부와 그 아이들 셋 외에는 아무도 없는 듯이 보였다. 그런데, 벽난로 불빛이 방 반대편의 어두운 구석을 비추자, 다른 침대에 앉아 있는 또 다른 아이가 보였다.

Tio estis knabino, ĉirkaŭ dekjara, kies vizaĝon kaj vestojn malklare kaj flagrante lumigis la flamo de la fajro, apenaŭ atinganta la angulon. Oni povis nur vidi, ke ŝi sidas sur la lito, krucinte sub si la krurojn, kaŝita en la plej profunda angulo, kuntiriĝinte de la malvarmo. Tuj apud ŝi brilis bronzaj butonoj, ornamantaj malgrandan, sed elegantan kofron, el kiu du malgrandaj manoj, blankaj kiel oblato, elprenis de tempo al tempo diversajn malgrandajn objektojn. El la movo de la manoj oni povis diveni, ke la estaĵo, kuntiriĝinta de la malvarmo, longe kaj zorge kombas per ebura kombilo siajn harojn, en kiuj la flagrantaj flamoj de la fajro iufoje ekbruligis orajn brilojn. Unu fojon ekbrilis ankaŭ spegulo en arĝenta kadro···

—Panjo, panjo! — ekkriis ia malpli granda el la du knabinoj, ludantaj sur la lito — Helka ree sin kombas kaj sin rigardas en la spegulo···

—Ŝi jam trian fojon sin kombas hodiaŭ, kaj jam du fojojn ŝi lavis siajn ungojn — malestime rimarkis la pli aĝa knabino.

—Elegantulino! Pupo! — aldonis la knabo — ĉu ŝi povas, kiel ni, sin lavi en la sitelo··· ŝi trempas la viŝtukon en la akvo kaj frotas sian vizaĝon··· Mi rompos al ŝi la spegulon, ni vidos, kion ŝi faros tiam!

Kaj ĉiuj tri, brue piedfrapante per la nudaj piedoj, sin ĵetis al la malluma angulo.

열 살쯤 되어 보이는 소녀였다. 벽난로 불빛이 그 아이 얼굴과 옷차림을 희미하게 깜박이며, 간신히 모퉁이까지 닿았다. 그 아이는 침대에 앉아 다리를 꼬고, 방안의 가장 깊은 구석에서 숨어서 추위에 몸을 움츠리고 있었다.

그녀 바로 옆에는 작지만 우아한 트렁크에 달린 작은 청동 단추들이 장식된 채 반짝이고 있다. 그 트렁크에서 약포지처럼 하얀, 두 개의 작은 손이 때때로 다양한 작은 물건을 꺼냈다. 손 움직임을 보면, 추위에 떨고 있는 그 아이는 길고 조심스럽게 자신의 머리카락을 상아 빗으로 빗고 있다. 그 머리카락에서는 깜박이는 불꽃이 때때로 금빛을 발산했다. 한번은 은색 틀의 거울도 번쩍였다.

"엄마, 엄마!" 다른 편 침대에서 놀고 있던 두 소녀 중 막내가 외쳤다. "헬카가 다시 머리를 빗고 거울을 쳐다보네."

"저 아이는 오늘 3번이나 머리 빗고, 벌써 두 번이나 손톱 씻었어." 그 두 소녀 중 언니가 경멸적인 어조로 말했다.

"우아한 아이네! 인형 같아!" 오빠가 말을 더했다. "저 아이도 우리처럼 양동이로 몸을 씻을 수 있을까. 저 애는 수건을 물에 담갔다가, 자기 얼굴을 문지르거든. 내가 저 애가 들고 있는 거울을 깨뜨리면, 그다음 저 애가 뭐라 할지 궁금하네!"

그리고 그 세 사람 모두 맨발로 시끄럽게 뛰어가, 어두운 구석으로 몸을 던졌다.

—Donu la spegulon! Donu! Donu!

Du malgrandaj manoj, blankaj kiel oblato, silente kaj sen kontraŭstaro sin etendis el la ombro kaj transdonis al la petolanta areto la spegulon en la arĝenta kadro. La infanoj kaptis ĝin, sed ne kontentaj ankoraŭ de la akiro, detiris de la lito la kofron el angla ledo kaj sidiĝinte ĉirkaŭ ĝi sur la tero, komencis eble la centan fojon rigardi la kombilojn, brosojn, malplenajn boteletojn de parfumoj kaj skatolojn por sapoj.

Dume Janowa, tute ne atentante la kriojn kaj ridojn de la infanoj, eble eĉ amuzita de ili, parolis kun la edzo pri lia hodiaŭa laboro, pri la ĉagrenoj, kiujn kaŭzis al ŝi la najbarino, pri Wicek, kiu hodiaŭ, maldiligentulo, ne iris en la lernejon.

Poste, portante al la tablo grandan pladon, de kiu leviĝis abunda vaporo, ŝi alvokis la infanojn al la vespermanĝo.

Oni ne bezonis ripeti al ili la alvokon. Wicek kaj Marylka per unu salto jam estis sur la benko, apud la patro, al kiu ili ĵetis sur la kolon po unu brako. Kasia saltis al la tablo alkroĉite al la jupo de la patrino, kiu irante al la tablo tranĉis grandan bulon de nigra pano. Janowa sin returnis al la angulo.

—Helka! — diris ŝi — kaj vi, kial vi ne venas manĝi?

Helka deglitis de sur la lito, kaj kiam ŝi iris al la familia tablo,

"거울 줘! 주라고! 주라고!"

약포지처럼 하얀 두 개의 작은 손이 그늘에서 조용히 또 아무 맞섬 없이 손을 뻗어, 은색 틀의 거울을 막무가내로 떠들고 있는 아이들에게 주었다. 아이들이 그것을 받았어도 여전히 만족하지 못하고, 영국산 가죽으로 된 트렁크를 침대에서 끌어 내려, 주변에 둘러앉아 빗, 솔, 빈 향수병, 비누통들을 아마 백 번도 더 쳐다보았다.

그러는 동안 아내 야노바는 아이들의 비명과 웃음소리에 전혀 주의를 기울이지 않고 아마도 그들에게 재미를 느꼈을지도 모르고, 남편의 오늘 일에 대해, 이웃집 여인이 그녀에게 이야기해 준 문제들에 대해, 또 오늘 학교 결석한 게으른 비체크에 대해 이야기했다.

그다음 그녀는 엄청난 양의 증기가 올라오는 큰 접시를 식탁으로 들고 와, 아이들을 저녁 식사에 불렀다.

아이들을 두 번 부를 필요는 없다. 단번의 뜀으로 비체크와 마릴카는 이미 아버지 옆 벤치로 갔고, 아버지 목에 팔 하나씩을 걸쳤다. 카시아는 엄마 치마를 붙잡고 식탁으로 뛰어 왔다. 어머니는 식탁으로 가서 커다란 검은 빵을 잘랐다. 야노바는 그 모퉁이로 돌아서서 말했다.

"헬카!" 그녀가 말했어요. "그리고 넌 왜 식사하러 오지 않니?"

헬카는 침대에서 미끄러져 내려와 그 가족 식탁으로 갔을 때,

ŝia eta figuro, plene lumigita, strange, akre kontrastis la fonon, ŝin ĉirkaŭantan. Malgrasa kaj tro alta por sia aĝo, ŝi portis pelton el blua atlaso, ĉirkaŭkudritan per cigna lanugo.

La atlaso estis ankoraŭ freŝa kaj brilanta, sed la lanugo, iam neĝe blanka, ŝajnis kvazaŭ eltirita el cindro. La pelto, jam tro mallonga por ŝia aĝo, atingis apenaŭ ŝiajn genuojn; pli malsupre, ŝiaj longaj, malgrasaj kruroj estis duonkovritaj per ĉifonoj de ŝtrumpoj, maldikaj kiel aranea reto, kaj per altaj botetoj, butonumitaj per longa vico da brilantaj butonoj, sed kun truoj, tra kiuj oni povis vidi la piedojn, preskaŭ nudajn. Ŝian longforman kaj malgrasan vizaĝon, kun la grandaj enfalintaj okuloj, ĉirkaŭis fajraj haroj, zorge kombitaj kaj zonitaj per multekosta rubando, sendube tute freŝa. Inter la malaltaj, malhelaj muroj, inter la nudpiedaj infanoj en dikaj vestoj, ŝia kostumo, la delikateco de ŝia vizaĝo, movoj kaj manoj, stampis ŝin per profunda disonanco kun la fono. Dum unu momento oni aŭdis nur la frapadon de la kuleroj je la plado kaj ŝmacadon de kvin buŝoj, kiuj manĝis kun granda apetito la farunbuletojn kun lardo kaj nigran panon. Ankaŭ Helka manĝis, sed malrapide, delikate kaj tre malmulte. Kelke da fojoj ŝi levis al la buŝo panon kaj buletojn, kaj metinte la kuleron sur la tablo, sidis silente, kun la manoj krucitaj sur la genuoj, rektigita sur la seĝo,

완전히 빛을 받은, 그녀의 작은 모습은, 이상하게도, 그녀를 둘러싼 배경과 극명하게 대비되었다. 나이에 비해 깡마르고 키가 너무 큰 그녀는 백조 털로 장식된 파란색 새틴 천으로 만든 모피 코트를 입고 있다.

그 새틴 천은 여전히 신선하고 빛나 있었지만, 한때 눈처럼 하얗던 솜털은 마치 재에서 꺼낸 것처럼 보였다. 그녀 나이에 비해 모피 코트는? 이미 너무 짧아 그녀 무릎에까지는 거의 닿지 않는다. 아래로 내려가면 그녀의 길고 가느다란 다리는 거미줄처럼 얇은 천 양말로 반쯤 덮여있다. 긴 부츠에는 반짝이는 단추가 길게 달려 있지만, 발이 훤히 보일 정도로 구멍이 뚫려 있다. 그녀의 길고 수척한 얼굴에는 움푹 들어간 커다란 눈이 보이고, 반짝이는 머리카락으로 둘러싸고 있다. 조심스럽게 빗질한 머리카락을 값비싼 리본의 띠가 두르고 있는데, 의심의 여지 없이, 완전히 신선한 모습이다. 낮고 어두운 벽 사이에서, 두꺼운 옷을 입은 맨발의 아이들 사이에서, 그녀 옷매무새, 그녀 얼굴의 섬세함, 그녀 동작과 두 손은 그곳 배경과는 깊은 불협화음을 각인시켰다. 잠시 들리는 것은 접시 위의 숟가락이 달그락거리는 소리, 베이컨이 든 검은 빵이 식욕을 돋우는, 다섯 개의 입의 부딪치는 소리뿐이다. 헬카도 먹었지만, 천천히, 섬세하고 아주 조금만 먹었다. 몇 번 그녀는 빵과 그 새알심 요리를 입으로 가져갔고, 숟가락을 탁자에 내려놓고는 몸을 곧추세운 채, 두 손을 무릎 위에 겹쳐 두고 의자에 앉았다.

tiel alta, ke ŝiaj piedoj en la parizaj truitaj botoj ne atingis la teron.

—Kial vi ne manĝas plu? — sin turnis al ŝi Janowa.

—Mi dankas, mi plu ne volas — respondis ŝi kaj tremante de la malvarmo, ŝi kovris sin, kiom ŝi povis, per la atlasa pelto, tro mallarĝa kaj mallonga.

—Per kio vivas ĉi tiu infano, vere mi ne scias! — rimarkigis Janowa. — Se mi ne fritus al ŝi ĉiutage peceton da viando, ŝi jam de longe mortus de malsato. Eĉ la viandon ŝi neniam finmanĝas.

—Eh — kun flegmo rimarkigis Jan — ŝi kutimos iam, kutimos···

—Ĉiam estas al ŝi malvarme kaj malvarme··· Niaj infanoj kuras nudpiede, sole en ia ĉemizoj, sur la korto, kaj ŝin ĉi tie en la ĉambro ĉe la forno, en ŝia kvazaŭ pelto senĉese skuas la febro···

—Eh — ripetis Jan — iam ŝi kutimos···

—Certe! — jesis Janowa — sed nun oni ne povas rigardi ŝin sen kompato··· Ofte mi varmigas la temaŝinon kaj donas al ŝi teon.

—Vi bone faras — jesis la masonisto — oni ja pagas al ni por ŝi···

—Oni pagas, estas vere, sed ne sufiĉe, por ke ni povu ŝanĝi nian mizeron en riĉecon por ŝi···

—Superflue estus, ŝi kutimos.

Wicek kaj Marylka ne ĉesis ankoraŭ sin plenigi per pano kaj farunbuletoj.

의자는 높아서 구멍이 뚫린 파리산 부츠를 신은 발이 땅에 닿지 않을 정도였다.

"왜 더 먹지 않고서?" 야노바가 헬카를 향해 말했다.

"고맙습니다. 더 먹고는 싫지 않아요." 그녀는 그렇게 답하고는, 추위에 떨면서 너무 좁고 짧은 새틴 털로 몸을 최대한 가렸다.

"이 아이가 뭘 먹고 살았는지 정말 모르겠네!" 야노바가 지적했다. "내가 매일 고기 한 점씩이라도 튀겨주지 않았더라면, 이 애는 오래전에 굶어 죽었을 거예요. 그 고기도 끝까지 먹지도 않네요."

"에이" 그렁대는 목소리로 남편 얀이 말했다. "언젠가 익숙해질 거요, 익숙해지겠지."

"저 애는 늘 춥다고 또 춥다고 해요. 우리 애들은 맨발로, 셔츠만 걸치고도 마당에서 잘 뛰어놀던데, 여기서 쟤는 방안에서 벽난로 곁에서도, 코트 같은 모피 옷을 입고서도, 끊임없이 몸이 아프다고 하네."

"에이" 남편 얀이 말했다. "언젠가 익숙해지겠지요."

"물론!" 야노바는 동의했다. "하지만 이제는 동정심 없이 저 애를 볼 수 없다구요…. 저는 종종 차 끓이는 기계를 데워 차를 준비해 주거든요."

"여보, 그것은 잘 하네." 벽돌장이 남편도 동의했다. "그분들이 우리에게 그녀 보살핌에 대한 대가를 주니…."

"돈을 받는 것은 사실이지만, 우리가, 그녀를 위해, 우리 비참한 삶을 부유하게 바꿀 만큼 충분하지 않아요."

"그도, 익숙해지면, 필요가 없게 되겠지."

아이들은, 비체크와 마릴카는 여전히 빵과 새알심 요리로 배를 채우는 것을 멈추지 않았다.

Kasia mokis ilin kaj malhelpis manĝi. Jan, viŝinte la buŝon per la maniko de la ĉemizo, komencis demandi la filon pri lia lernado kaj konduto en la lernejo; en la apuda kamero ekploris kelkmonata infaneto. Janowa, kiu estis portanta la pladon, kulerojn kaj duonon da panbulo al la forno, sin returnis al Helka.

—Iru, balancu Kazion kaj kantu al li, vi ja scias···

La ordonon ŝi proklamis per delikata voĉo, multe pli delikata ol tiu, per kiu ŝi parolis al la propraj infanoj.

Helka, obee kaj silente, per malpezaj kaj graciaj paŝoj, tute ne similaj al la vivegaj kaj pezaj paŝoj de la infanoj de la masonisto, sin enŝovis en la kameron, preskaŭ tute malluman, kaj post momento la unutonan bruon de la lularkoj akompanis malforta, sed pura kaj plenda infana voĉo. Ŝi ne sciis aliajn kantojn ol francajn, sed de tiuj ĉi ŝi memoris multe. La franca kantado ĉiam same ekscitis la admiron de la familio de la masonisto, eble ĉefe tial, ke ĝi estis nekomprenebla por ili.

Ankaŭ nun eksilentis la infanoj. Jan, per ambaŭ kubutoj apoginte sin sur la tablo, kaj Janowa, lavante la vazojn ĉe la forno, silentls. En la malluma kamero unutone frapis la lularkoj, kaj la pura, malĝoja infana voĉo kantis melankolie, malrapide la amatan francan kanton:

카시아는 그들을 놀리며, 식사를 막았다. 남편 얀은, 자신의 셔츠 소매로 입을 닦고는, 아들에게 학교에서의 학습과 행동에 대해 질문하기 시작했다. 옆 골방의 몇 달 된 간난 아기가 울기 시작했다. 접시와 숟가락, 먹고 남은 빵 반 덩어리를 벽난로로 옮기던 야노바가 헬카 쪽으로 돌아섰다.

"가서, 카지오 Kazio를 흔들어 주고, 그 애에게 노래 좀 불러 줘."

아내는 자신의 아이들에게 말할 때보다 훨씬 더 섬세하고 섬세한 목소리로 명령했다.

헬카는 순종적이고 조용히, 가볍고 우아한 발걸음으로, 벽돌장이 집 아이들의 활기차고 무거운 발걸음과는 온전히 달리, 자신을 그 방 옆으로 연결된 어두운 골방으로 미끄러져 들어갔다.

잠시 후 단조로운 활 켜는 소리와 함께 약하지만 순수하고 불평이 담긴 아이 목소리가 들렸다. 그녀는 프랑스어 노래 말고는 다른 노래를 알지 못하였다. 프랑스어 노래는 많은 것을 알고 있다. 그 프랑스어 노래는 항상 벽돌장이 가족의 감탄을 불러일으켰다. 아마 그 주된 이유는 그들이 이해 못 하는 노래이기 때문이다.

이제 아이들도 조용해졌다. 식탁에 양 팔꿈치를 기대고 있는 남편 얀과, 난로 옆에서 식기들을 설거지하는 아내 야노바도 말이 없다. 어두운 골방에서는 활을 켜는 소리가 단조롭게 들리고, 순수하고 슬픈 어린아이는 우울하게도, 자신이 좋아하는 프랑스 노래를 불렀다.

Le papillon ŝenvola.

La rose blanche ŝeffeuilla.

La la la la la la···

Janowa iris al la tablo, Jan levis la kapon. Ili ekrigardis unu la alian, balancis la kapojn kaj ekridis, iom ironie. iom malĝoje.

Jan eltiris el la brusta poŝo malfermitan koverton kaj ĵetis ĝin sur la tablon.

—Jen! Mi renkontis hodiaŭ la bienfarmanton de sinjorino Krycka. Li volis iri al ni, sed ekvidinte min, alvokis min kaj transdonis ĉi tion···

Janowa per siaj dikaj fingroj, kun videbla kaj profunda respekto elprenis el la koverto dudekkvin-rublan bankan bileton, prezentantan la duonon de la sumo, kiun sinjorino Evelino promesis pagi ĉiujare por la nutrado kaj edukado de Helka, ĝis kiam ŝi fariĝos grandaĝa.

—Tamen — komencis Janowa — ŝi sendis··· Dio estu benata··· mi pensis. ke···

Ŝi interrompis, ĉar apud ŝi, ĉe la tablo stariĝis Helka. El la malluma kamero, kie ŝi balancis la infanon, ŝi vidis, kiam la masonisto donis al la edzino la koverton kun la mono kaj aŭdis la nomon de sia iama zorgantino. Tuj revenis ŝia iama viveco, ŝi desaltis de la lito de Janowa, apud kiu staris la lulilo, kaj saltis al la tablo, kun ruĝa vizaĝo kun brilantaj okuloj, ridetanta kaj tremanta,

Le papillon śenvola.

La rose blanche śeffeuille.

La la la la la la···

야노바가 식탁으로 다시 다가가자, 남편 얀이 고개를 들었다. 그들은 서로를 바라보며, 고개를 저으며, 다소 아이러니하게 다소 슬프게 웃었다. 남편 얀은 자신의 조끼 호주머니에서 열린 봉투 하나를 꺼내, 식탁 위에 던졌다.

"여기! 오늘 에벨리노 크시츠카 부인 댁의 농장에서 일하는 농부를 만났어요. 우리를 만나러 오는 길이었는데, 나를 보자마자, 나를 불러 이걸 전해 주더군."

야노바는 두툼한 손가락으로 또 깊은 존경심으로 봉투에서 25 루블짜리 지폐를 꺼냈다. 이는 에벨리노 부인이 헬카를, 아이가 성인이 될 때까지, 먹여 살리고 교육하는데 매년 지불하기로 약속한 금액의 절반에 해당했다.

"그래도" 야노바는 말을 꺼냈다. "그 부인이 보냈네요. 신의 축복이 있기를···. 제 생각엔. 저것···."

그녀는 식탁 옆에 헬카가 서 있어 말을 중간에 끊었다. 헬카가 간난애를 흔들며 돌보던 컴컴한 골방에서 나왔을 때, 마침 벽돌장이 남편이 아내에게 그 돈 봉투를 주는 걸 보고, 그녀의 한 때의 보호자 이름이 불리는 것을 들었다. 그녀의 이전의 생명력이 즉각 돌아왔다. 활력을 되찾은 그녀는 옆에 장난감이 세워져 있는 야노바 침대에서 뛰어내려, 식탁으로 뛰어 왔다. 그녀는 얼굴이 붉어지고 눈이 빛나며 미소 짓고 있었지만 떨고 있었다.

sed de emocio, ne de malvarmo.

—De la sinjorino — kriis ŝi — de la sinjorino⋯ ĉ u⋯ ĉu⋯

Spiro mankis al ŝi.

—Ĉu la sinjorino skribas ion pri mi?

Jan kaj Janowa ree rigardis unu la alian, balancis la kapojn kaj ekridetis.

—Eh, vi malsaĝa infano! Ĉu la sinjorino skribas pri vi? Kia ideo! Ŝi sendis monon por vi. Estu danka ankaŭ por tio!

Helka tuj ree paliĝis, malĝojiĝis kaj, sin kovrante per la pelto, foriris al la forno. Wicek kaptis la koverton kaj legis al Marylka la adreson, skribitan sur ĝi, Kasia dormetis sur la benko, kun la kapo metita sur la genuoj de la patro. Jan, prenante la bankan bileton el la mano de la edzino, komencis kun ŝanceliĝo en la voĉo:

—Eble⋯ ni konservu por ŝi⋯ por la tempo estont a⋯ Por dudek kvin rubloj ni povas nutri la infanon, kaj la ceteraj⋯ kolektiĝu⋯

—Kolektiĝu la ceteraj — respondis Janowa, medite apogante la mentonon sur la mano — sed, Jan, ne forgesu, ke oni devus nun aĉeti iom da vestoj por ŝ i⋯

—Vestojn? sed oni ja permesis al ŝi kunpreni la tutan vestaron⋯

—Bona vestaro! Ĝi taŭgis por la palaco, sed ĉi ti e⋯ Ĉio estas tiel maldika, delikata⋯

- 114 -

추위 때문이 아니라, 감동으로.

"그 마님에게서요." 그녀가 소리쳤다. "마님에게서요. 그런 가요? 그런가요?"

그녀는 숨이 가빠졌다.

"마님이 나에 대해 뭔가를 쓰고 있나요?"

얀 부부는 다시 서로를 바라보며 고개를 내저으며 미소를 지었다.

"아, 정말 어리석은 아이구나! 마님이 너에 대해 뭔가 글을 썼냐고? 무슨 그런 소리를! 그 마님이 너를 위해 쓰라고 돈만 보냈어. 그것도 고마운 일이지!"

헬카는 즉시 다시 창백해지고 슬퍼 모피 옷으로 몸을 가리고, 벽난로로 갔다. 비체크가 그 봉투를 낚아채, 마릴카에게 그 봉투에 적힌 주소를 읽어 주었다. 카시아는 벤치에서 아버지 무릎에 자신의 머리를 얹은 채 졸고 있다. 얀은 아내 손에서 하얀 지폐를 받아 들고, 떨리는 목소리로 말하기 시작했다:

"어쩌면… 저 아이 장래를 위해 잘 보관해야지요. 25루블이면 저 아이를 먹여 살릴 수 있고, 나머지 돈은… 모아둬."

"나머지 돈은 모아 둬야지요." 야노바는 턱을 괴고 명상에 잠겨 대답했다. "하지만 여보, 지금 우리가 저 아이 옷을 좀 사야 한다는 것을 잊지 마세요."

"옷을요? 하지만 저 아이가 쓰던 모든 옷을 가져가라는 허락도 받았는데…."

"그 좋은 옷들은 모두 그곳 궁궐같은 여름별장에나 어울리던 것이어요. 여기… 지금 입고 있는 모든 옷은….

너무 얇기만 하고 약해.

ĉu mi povas lavi tian tolaĵon··· Pasis apenaŭ unu vintro, kaj en la kofro restis nur ĉifonoj.

—Bone, do ni aĉetu. Sed, virino, faru neniajn malŝparojn por ĉi tiu infano··· ŝi estu vestita kiel niaj··· kaj se restos iu groŝo, konservu ĝin por ŝi por la tempo estonta···

—Kiel niaj infanoj, vi diras! Sed ŝi estas tiel delikata! Se ŝi faras unu paŝon sur la planko per nuda piedo, ŝi tuj komencas tusi. Se ŝi portas ĉemizon dum tri tagoj, ŝi ploras. Mi demandas: kial vi ploras? "La ĉemizo estas malpura!" — diras ŝi. La tutan tagon ŝi sin lavas, kombas en la anguloj, kvazaŭ katino···

—Ŝi kutimos — konkludis Jan, tamburante sur la tablo per la fingroj — ŝi kutimos···

Dum la interkonsiliĝo de la masonisto kun la edzino pri Helka, la infano staris antaŭ la forno kaj per la senbrilaj okuloj rigardis la estingiĝantan fajron. Oni povis vidi, ke ŝi profunde meditas pri io; post momento, kvazaŭ farinte kategorian decidon, ŝi returnis sin kaj, senbrue malferminte la pordon de la vestiblo, ŝteliris el la domo··· En la strato estis multe pli lume ol en la domo, tamen la tago jam griziĝis, kaj la malvarma nebulo de la marta pluvo plenigis la aeron per penetranta malvarmo. En la nebulo, ĉe la randoj de la stratetoj kaj stratoj konataj de ŝi, Helka glitis en la komenco rapide, poste pli kaj pli malrapide.

이런 리넨도 빨 수 있을지…. 겨울이 얼마 지나지 않아 저 트렁크에는 누더기들만 남겠지."

"좋아, 그럼 사러 가야지. 하지만, 여보, 이 아이를 위해 낭비한다고 생각하면 안 돼. 우리 애들이 입는 대로, 저 아이도 입혀야지. 그러고 옷가지 사고 남는 돈이 조금이라도 있으면, 저 아이 장래를 위해 아껴 둬요."

"우리 애들이 입는 대로라고 당신 말했지요! 하지만 저 애는 너무 약해요! 맨발로 바닥에 한 발짝만 디디면, 저 아이는 곧 기침할 거예요. 3일 동안 똑같은 셔츠를 입으면, 울음을 터뜨릴걸요. 내가 물어봤지요. '넌 왜 울고 있니?' 그럼, 저 아이는 '셔츠가 더러워요!' 그녀가 그리 말할 겁니다. 저 아이는 암고양이처럼, 온종일 세수만 하고, 여기저기 빗질만 해대니…."

"저 아이도 익숙해 질거요." 얀은 손가락으로 식탁을 두드리며 결론을 내렸다. "저 아이도 익숙해 질거요."

헬카에 대해 벽돌장이 부부가 뭔가를 의논하는 동안, 헬카는 벽난로 앞에 서서 흐릿한 눈으로 꺼져가는 불을 바라보았다. 그녀가 무언가에 대해 깊이 생각에 잠긴 것을 볼 수 있다. 잠시 뒤 그녀는, 단호한 결정을 내린 듯, 몸을 돌려, 소리 없이 그 집 출입문을 열고 살금살금 그 집 밖으로 나갔다.

집보다 거리가 훨씬 밝다. 그래도 날은 이미 회색으로 변했다, 그리고 바깥 공기는 3월에 내리는 비로 차가운 안개로 살을 파고드는 추위가 가득하다. 안개 속에, 헬카 자신에게 익숙한 크고 작은 모퉁이들을 지나, 헬카는 처음에는 빠르게 내달리더니, 점점 더 더디게 미끄러져 갔다.

Dum momentoj, tre laca, ŝi haltis. En ŝia malvasta brusto mankis la spiro, la piedoj malbone vestitaj laciĝis; kelke da fojoj ŝi eksplodis per raŭka tuso. Tamen ŝi iris kaj iris, ĝis fine. ŝi atingis la eksterurban straton, ĉe kies komenco, inter la arboj, nun senfoliaj, staris la somerdomo de sinjorino Evelino. Ŝi proksimiĝis al la feraj kradoj kaj rigardis en la ĝardenon! Ŝi iris antaŭen, al la pordego. En la pordego la pordeto estis malfermita. Tie, en la profundo de la korto, brilis fajro en du fenestroj de la flanka konstruaĵo, kie estis la loĝejo de la pordisto. Kredeble oni kuiris tie la vespermanĝon.

Antaŭ la flanka konstruaĵo la pordisto dishakis lignan ŝtipon en splitojn. Estis silente kaj senhome. La batoj de la hakilo malakre kaj unutone sonis en la pluva nebulo, el la lada pluvtubo fluis sur la pavimon de la korto mallarĝa akva strio kun unutona murmuro. Helka proksimiĝis al la muro de la palaceto kaj eniris en la ĝardenon tra seka sablita vojeto. Tie ŝi haltis antaŭ la ŝtuparo de la alta balkono, sur kiu sinjorino Evelino kutime sidis la tutajn somerajn tagojn. Nun la ŝtuparo, balkono kaj benkoj, ĝin ĉirkaŭantaj, estis kovritaj de pluvo. Helka komencis supreniri la ŝtupojn; la akvo plaŭdis sub ŝiaj parizaj botoj. Subite ŝi ĝoje ekkriis kaj per ama gesto etendis ambaŭ manojn. El sub benko, el angulo de la balkono,

너무 피곤해진 그녀는 잠시 멈춰 섰다.

그녀의 좁은 가슴은 숨이 막혔고, 제대로 챙겨 입지 않고 나온 그녀 발은 곧 피곤해졌다. 몇 번이나 그녀는 쉰 기침을 터뜨렸다. 그러나 그녀는 걷고 걸어 끝까지 갔다. 그녀는 교외 거리에 이르렀고, 처음에는 나무들 사이에서, 나중에는 이제 나뭇잎이 없는 나무들 사이에서 에벨리노 부인의 여름별장이 보였다. 그녀는 쇠로 된 격자 울타리로 다가가, 정원을 들여다보았다! 그녀는 출입문을 향해 앞으로 나아갔다. 마침 대문에 달린 작은 출입문이 열려 있었다.

그곳 마당 깊은 곳의 옆쪽에 건물이 하나 있는데, 그곳이 문지기가 사는 곳이다. 그 옆 건물의 두 창문에 불빛이 보였다. 아마 식구들이 저녁 식사를 준비하고 있나 보다. 옆 건물 앞에는 문지기가 통나무를 잘게 자르고 있었다. 다른 사람은 없어 조용하고 황량했다. 비안개 속에 도끼질 소리가 둔탁하고 단조롭게 들렸고, 양철 우수관을 통해 가느다란 물줄기가 단조로운 중얼거림과 함께 마당의 포장된 길 위로 흘러내렸다. 헬카는 여름별장 건물 벽으로 다가가, 비에 아직 젖지 않은 모랫길을 통해 그곳 정원으로 들어갔다.

그 정원에서 헬카는 에벨리노 부인이 여름 내내 앉던 높은 발코니 계단 앞에 멈췄다. 이제 그 발코니를 둘러싼 계단, 발코니 및 벤치는 비로 덮여있다. 헬카는 계단을 오르기 시작했다. 그녀의 파리산 부츠 밑으로 빗물이 튀었다. 헬카는 갑자기 기쁨의 환호성을 내지르며, 사랑의 몸짓으로 두 손을 내밀었다. 벤치 아래, 발코니 한 모퉁이에서.

kie li kuŝis kuntiriĝinta kaj simila al silka volvaĵo, trempita en koto, Elf sin ĵetis al ŝi kun akra pepanta bojado. Li ne rekonis ŝin en la unua momento, ĉar liaj longaj haroj, malsekaj, implikitaj, preskaŭ tute kovris liajn okulojn. Sed kiam ŝi ekparolis al li kaj sidiĝis antaŭ li sur la malsekaj tabuloj, li saltis sur ŝiajn genuojn, kaj pepante de ĝojo, komencis leki ŝiajn manojn kaj vizaĝon. La estaĵo ankaŭ estis malgrasiĝinta, glaciiĝinta, kredeble malsata, mal-pur a···

—Kara Elf! Elf! Mia amata, mia ora hundeto.

Ili karese sin premis unu al la alia kaj sin kisis. — Elf! Kie estas la sinjorino? Kie estas la sinjorino?

Forestas nia sinjorino, forestas, forestas!

Ŝi leviĝis, kaj portante la hundon en sia ĉirkaŭpreno, proksimiĝis al unu el la fenestroj, rigardantaj la balkonon. Ŝi sidiĝis sur la benko, sed tuj ŝi salte leviĝis.

—Ni rigardu tra la fenestro, Elf! Ni vidos, kio okazas en la ĉambroj··· Eble tie estas la sinjorino··· eble ŝi vokos nin···

Ŝi ekgenuis sur la benko. La akvo, abunde amasiĝinta sur la konkava tabulo de la benko, plaŭdis sub ŝiaj genuoj. Ŝi ne atentis tion.

—Rigardu, Elf, rigardu!

Ŝi levis la hundon kaj apud sia vizaĝo alpremis la krispan kapon al la fenestra vitro.

—Vi vidas, Elf···

진흙에 흠뻑 젖은 비단 뭉치처럼 오그라든 채 누워 있던 개 엘프가 날카로운 끙끙대는 소리를 내며, 헬카를 향해 돌진했다. 개는 처음에는 헬카를 알아보지 못했다. 왜냐하면, 개의 긴 머리가 젖고 헝클어져 눈을 거의 완전히 가리고 있기 때문이다.

그러나 헬카가 그 개에게 말을 걸기 시작하고 개 앞의 젖은 널빤지에 앉았을 때, 개는 그녀 무릎 위로 뛰어올라, 기뻐 끙끙대며 그녀 손과 얼굴을 핥기 시작했다. 그 생물 또한 수척해지고, 차가웠고, 엄청 배고프고, 더러운 상태로 있다.

"귀여운 엘프! 엘프! 나의 사랑하는, 나의 금빛 작은 개."

그 둘은 서로 껴안고 키스했다.

"꼬맹아! 마님은 어디 계셔? 마님은 어디 계셔?

우리 마님은 지금 집에 없다. 집에 없다, 집에 없다!"

그녀는 일어나서 그 개를 팔에 안고, 발코니가 잘 보이는 창문 중 하나로 다가갔다. 그녀는 그곳 벤치에 잠시 앉았다가 즉시 그 자리서 벌떡 일어났다.

"창문으로 다가가 한번 보자, 엘프! 방에 사람들이 뭘 하는지 보자. 어쩌면 마님이 거기 계실 수도 있고…. 아마도 마님이 우리를 부르실 수도 있지."

나중에 그녀는 벤치 위로 무릎을 꿇었다. 벤치의 오목한 판자 위에 잔뜩 쌓인 물이 그녀 무릎 아래로 튀었다. 그녀는 그것에도 신경 쓰지 않았다.

"봐, 엘프, 봐!"

강아지를 들어 올리고는, 그녀는 자신의 곱슬머리를 얼굴 옆 유리창에 대고 눌렀다.

"자, 봐, 엘프…

Ĉio estas, kiel iam⋯ la puncaj flankaj kurtenoj, tiel belaj⋯ kaj tie la granda spegulo, antaŭ kiu la sinjorino iufoje vestis min⋯ kaj tie⋯ tra la malfermita pordo oni vidas la manĝoĉambron⋯ Ŝi eksilentis; ŝi manĝegis per la

okuloj ĉion, kion ŝi povis rimarki en la interno de la loĝejo.

—Ĉu vi vidas, kara Elf, la balancantan seĝon⋯ kiel komforte oni sidas sur ĝi⋯ Iufoje mi sidis kaj balancis min⋯ tutan horon⋯ kaj mia pupo, la granda, sin balancis kun mi⋯

Elf laciĝis de la nekomforta situacio, elglitis el sub ŝia brako kaj falis sur la benkon. Deglitis sur ĝin ankaŭ baldaŭ la knabino.

—Ah, kara Elf! Vi kaj mi⋯ estis iam tie⋯

Ŝi sidis en la akvo. Ŝia vesto estis tiel saturita de la malsekeco, ke ŝi sentis malvarmajn fluojn sur la dorso. Ŝiaj piedoj, preskaŭ nudaj en la parizaj botoj, rigidiĝis. Tamen ŝi sidis kaj premis karese al sia brusto la malgrasan, malsekan Elfon, kiu de tempo al tempo lekis ŝiajn manojn.

—Kara Elf, tie, kie nun estas tiom da koto, somere estas herbo, sur kiu tiom, tiom da fojoj mi sidis kun la sinjorino kaj kunmetis bukedojn. Ĉu vi memoras, Elf, Italujon? Estis mi, kiu petis la sinjorinon, ke vi veturu kun ni! Kiel bele estas tie, ĉu ne vere? Varme, verde⋯ la suno tiel lumas⋯ la safira ĉielo,

모든 게 예전 그대로야. 레이스가 된 옆 커튼은 너무 아름다워. 그리고 그 앞에는 한때 마님이 내게 옷을 입힐 때 보던 큰 거울이 있네. 그리고 저기… 열린 출입문에 식당이 보이네."

헬카는 조용해졌다. 그녀는 그 건물 내부에 눈에 띄는 모든 것을 한눈에 집어삼키듯이 보고 있었다.

"알겠지, 엘프, 혼들의자… 저 위에 앉으면 얼마나 편한지… 한번 내가 저기 앉아서 몸을 흔들고… 한 시간 내내… 그리고 내 큰 인형이 흔들렸지. 나랑 같이 흔들렸지."

엘프는 불편한 상황에 지쳐 그녀 팔 밑에서 미끄러져 나와, 벤치 위로 내려섰다. 곧 그 소녀도 그 개가 있는 곳으로 미끄러졌다.

"아, 엘프! 너와 나는… 한때 저기 있었지."

그녀는 빗물에 앉아 있다. 그녀 옷은 습기로 가득 차서 등에 찬 기운이 느껴졌다. 파리산 부츠를 신은 그녀 발은 거의 맨발로 굳어 있다. 그녀는 그 자리서 때때로 그녀 손을 핥는 마르고 축축한 엘프를 자신의 품에 쓰다듬듯이 안고 있다.

"엘프야, 지금은 여기가 진흙탕이지만, 여름에는 풀밭이었지, 그때 마님과 나는 이 풀밭에서 여러 번 마님과 앉아 꽃다발을 만들며 놀았지. 엘프, 넌 이탈리아를 기억하니? 마님에게 엘프, 너도 함께 데리고 가자고 한 사람은 바로 나였어! 거기가 얼마나 아름다운지. 정말이지 않니? 따뜻하고 푸른… 태양이 너무 밝게 빛나고… 사파이어 같은 하늘 아래.

super la maro flugas tiel grandaj, blankaj birdoj···
Kaj ĉu vi memoras, kiel timis fraŭlino Czernicka
navigi sur la maro? Kie estas nun fraŭlino
Czernicka? Ŝi forveturis kun la sinjorino. Kaj ni,
kara Elf, plu neniam forveturos kun la sinjorino···
neniam··· neniam···

Peza, ŝtona dormemo ekregis ŝin. Ŝi klinis la
kapon al la dorso de la benko kaj ekdormis, ĉiam
forte tenante ĉe la brusto la dormantan hundon.
Fariĝis pli kaj pli mallume; eksilentis la hakilo de la
pordisto, en la fenestroj de la flanka konstruaĵo
estingiĝis la brilo de la fajro, eta, densa pluvo
senĉese falis senbrue sur la teron, kaj nur ĉe la
anguloj de la palaceto el la pluvtuboj fluis kun
unutona murmuro mallarĝaj akvaj strioj.

Ĉirkaŭ la noktomezo la masonisto Jan vekis per
frapoj la pordiston kaj ricevis respondon, ke efektive
li vidas de tempo al tempo la infanon, kiu forlasis
vespere lian domon. Jan supreniris kun lumigita
lanterno la balkonon kaj apud unu el la benkoj
haltis, kvazaŭ ŝtonigita. Li staris, rigardis, balancis la
kapon kaj, oni ne scias kial, frotis la okulojn kvazaŭ
nevole per sia dika mano. Post momento li levis per
siaj fortaj brakoj la knabinon, kiu vekiĝinte,
dormema, ploranta kaj malforta mallevis sian febre
ruĝan vizaĝon sur lian brakon. Li portis ŝin
malsupren de la balkono kaj per rapidaj paŝoj iris
kun ŝi hejmen.

아, 저 바다 저 위로 그리도 크고 하얀 바닷새들이 날아다녔지. 그리고 체르니츠카 양이 배 타는 걸 얼마나 두려워했던지 기억 나지? 체르니츠카 언니, 지금 어디 있나요? 언니는 마님과 함께 마차를 타고 가버렸네. 그리고 사랑하는 엘프야, 우린 다시 마님과 함께 여행하지는 못하겠지. 다시는… 결코….”

무거운 돌처럼 졸음이 그녀를 덮쳤다. 그녀는 벤치 뒤쪽에 머리를 기댄 채 잠들었고, 항상 함께 자는 개를 가슴에 꼭 안고 있었다. 날은 점점 더 어두워졌다. 문지기가 장작을 패는 도끼 소리도 이젠 들리지 않고, 옆 건물 창문의 불빛마저 꺼졌다. 작고 굵은 빗줄기가 땅에 소리 없이 계속 내렸다. 여름별장 모퉁이마다 좁은 우수관 통로에서 물이 단조로운 중얼거림과 함께 흘러내렸다.

자정 무렵, 벽돌장이 얀이 문지기를 찾아와 노크하여 깨웠고, 실제로 문지기로부터 저녁에 그 집을 떠났던 아이가 여기 왔다는 답을 들었다. 얀은 불 켜진 등을 들고 발코니로 올라가니, 그곳 벤치 옆에서 마치 돌이 된 듯 멈췄다. 그는 서서 바라보고 고개를 내저었다. 사람들은 그가 왜 그렇게 행동하는지 몰랐다. 그리고 그는 자신의 두툼한 손으로 거의 내키지 않는 듯이 두 눈을 비볐다. 잠시 뒤 그는 자신의 강한 팔로 아이를 일으켰다. 그러자 깨어난 아이는 여전히 졸린 듯이 울먹이며 허기진 채 온몸에 열이 나 있고, 아이는 자신의 붉은 얼굴을 벽돌장이 팔에 내려놓았다. 얀은 발코니에서 애를 안고 내려와, 빠른 걸음으로 자신의 집을 향해 돌아왔다.

Prenante la knabinon, li ĵetis for hundon, kiu dormis sur ŝia brusto. La hundo silente iris ree sub la benkon kaj, malĝoje sopirante, sin kunvolvis sur la malseka planko de la balkono.

그는 아이를 데리고 나오면서, 아이 품에 잠자던 개는 떼어놓았다. 개는 다시 조용히 벤치 밑으로 들어가, 슬픈 표정으로 또 그리움으로, 젖은 발코니 바닥에 웅크리고 있었다.(끝)

LEGENDO

Unu post alia falis sur Romon malfeliĉegoj: fajro, pesto kaj mortiga atako de etruskoj. La urbo estis tiam malgranda kaj malriĉa, kaj eĉ la lepora gento, ĉiam timigata kaj malsata, ne envius al la loĝantoj ilian sorton. Sed Numa Pompilius kreskis inter tiuj mizeraj dometoj kaj en la matura aĝo li pensis kaj klopodis pri la malfeliĉa loĝantaro. Kiam do nun el sia brusto eliris duoblaj plendoj, li demandis la ĉielon kaj la teron: pro kio?, vokante al la ĉielo kaj al la tero: helpon! La aŭguroj diris: Jupitero estas ofendita! La estro de l' popolo suriru la Eskvilinan monteton, kaj tie en sankta arbareto la tondroĵetanta dio aperos al li kaj anoncos, kia penta ofero povos forigi lian koleron.

Sur la Eskvilina monteto, inter la arboj, kovritaj de la nokta mallumo, Numa ĵetis sin teren kaj lia vizaĝo falis sur la herbojn, malsekajn pro nokta roso. Super li aperis la reĝo de l' tondroj kaj de l' favoroj, de l' mallibero kaj de la liberigo. Li aperis en lumaĵo, teruranta la homajn pupilojn, en vesto fleksita kiel la cigno, kun aglo ĉe la flanko kaj kun arko, streĉita per fulmo, en la mano.

전설

불, 역병, 에트루리아[14]인의 치명적인 공격 등으로 로마에 하나씩 대불행이 닥쳤다. 그 당시 도시 로마는 작고 가난했으며, 항상 겁에 질려 배고픈 토끼 부족조차도 그 도시 주민들의 운명을 부러워하지 않았다. 그러나 누마 폼필리우스 Numa Pompilius[15]는 비참한 민가에서 자랐고, 성인의 나이가 되자 그는 그 불행한 사람들을 생각하며 최선을 다했다. 그러므로 그의 가슴에서 불평이 두 배로 커졌을 때, 그는 하늘과 땅에 물었다.

"무엇 때문인가요?"

그러고는 하늘과 땅에 부르짖었다.

"저희를 제발 도와 주십시오!"

복점관은 말했다. "주피터 신께서 기분이 상했다고 합니다! 백성의 지도자라면 에스퀼리노 언덕 Eskvilina 에 올라, 신성한 그곳, 숲에서 천둥을 주관하시는 신께서 그 지도자에게 나타나시어, 어떤 참회의 희생물이면 그 신께서 당신의 분노를 없앨 수 있는지 알려줄 것입니다."

그 말을 들은 누마는, 밤의 어둠에 덮인 에스퀼리노 언덕의 나무들 사이에서 땅에 몸을 던졌고 그의 얼굴은 밤이슬에 젖어 풀밭에 닿았다. 그러자 누마의 저 위로 천둥과 은총, 투옥과 해방을 주관하시는 신께서 나타나셨다. 사람들의 눈동자들에 공포를 가져오는 그 신은 백조처럼 접힌 옷을 입고, 옆구리에는 독수리를 차고, 한 손에 번개를 만드는 탱탱한 활을 들고 빛 가운데 나타나셨다.

---

14) *역주: 에트루리아, 고대 국가. 이탈리아 중부. 현재 투스카니와 움브리아 일부를 구성하는 지역을 말한다.

15) *역주: 누마 폼필리우스(기원전 700년경에 번영)는 로마 전통에 따르면 공화국 건국(기원전 509년경) 이전에 로마를 통치한 일곱 왕 중 두 번째 왕이다.

La arboj senmoviĝis, silentiĝis la murmuroj kaj la sonoj de l' tero; en tiu ĉi silento de teruro kaj de atendo ekbruis la voĉo de Jupitero:

"Sur mian altaron, por kvietigi mian koleron, metu morgaŭ kvincent kapojn!"

La malsekaj herboj ekmurmuris sub la tremanta korpo de Numa; lia mallaŭta voĉo, humile peteganta, rediris:

"Vi postulas kvincent kapojn, Sinjoro de l' mondo, sed kiajn? Mia mortema orelo ne aŭdis tion ĉi. Morgaŭ, en la ĝardenoj, kiujn ankoraŭ ne detruis Tibro superakvanta la landon, antaŭ ol la oraj haroj de Febus lumigos la teron, mi detranĉos kaj metos sur vian altaron kvincent kapojn de ajlo!"

En la ree silentiĝinta spaco ektondris la voĉo de Jupitero:

"Vi estas avarulo, Numa, kaj vi provas ŝpari la kapojn de viaj romanoj. Donu do al mi mil korojn, elŝiritajn el homaj brustoj!"

Numa respondis:

"Jen mi estas. Mi suferas por miloj, -- mil koroj batas en mi. Elŝiru ilin, Sinjoro, el mia brusto."

"Vi ŝparas ankaŭ la korojn. Donu do al mi unu vivon, sed tian, en kiun mia kreanta genio spiris la grandecon plej altan."

나무들 움직임이 전혀 없고, 웅얼거림과 땅의 소리도 전혀 없이 고요한 밤이었다. 공포와 기대의 침묵 속에서 주피터 신의 목소리가 울리기 시작했다:

"내 분노를 달래려면 내일 제단에 머리 500개를 바쳐라!"

떨고 있는 누마의 몸 아래서 젖은 풀이 술렁이기 시작했다. 누마는 낮은 목소리로 겸손하게 애원하며 말했다.

"이 세상을 주관하시는 신이시여, 당신께서 머리 500개를 요구하는데, 그게 어떤 머리인지 알려 주십시오? 저는 그 말씀은 아직 듣지 못했습니다. 내일, 이 나라를 범람하는 테베레강[16]이 아직 파괴하지 않은 정원들에 가서, 테베레의 황금 머리카락이 이 땅을 밝히기 전에. 제가 500개의 마늘 머리통을 잘라 제단에 올려놓겠습니다!"

다시 한번 고요해진 공간에 주피터 신의 목소리가 천둥처럼 울려 퍼졌다.

"누마야, 자네는 구두쇠구나. 너희 로마인들 목숨을 구하려는 말이구나. 그렇다면 인간의 가슴에서 찢어낸 심장 일천 개를 나에게 가져오라!"

그러자, 누마는 대답했다.

"여기 있습니다. 제가 수천 사람의 심장을 능가하는 고통을 겪고 있습니다. 그러니 일천 개의 심장이 제 안에서 뛰고 있는 셈입니다. 주피터 대왕이시여, 제 가슴에서 그 심장들을 도려내 가져 가십시오."

"누마야, 자네는 그 사람들 심장도 구하려는 구나. 그럼, 나에게 단 하나의 생명을 바치게, 하지만 그 생명은 내 천재적 창조성이 가장 높은 위대함을 불어넣은 그런 생명이라야 하네."

---

16) *역주: 테베레강(이탈리아어: Tevere, 라틴어: Tiberis)은 이탈리아에 있는 강으로서 총 길이 406Km로 로마 제국이 있게 했던 뿌리이다.

"Jen mi estas. Mi fariĝis la estro de mia popolo, -- mi estas la plej granda el ili."

"Mi ŝanĝas mian volon. Mi postulas, ke vi oferu la vivon de tiu el romanoj, kiu estas la plej malalta el la plej malaltaj."

"Jen mi estas. Mi servas la tutan mian popolon; mi estas servisto de ĉiuj, mi estas pli malalta ol la plej malaltaj."

La brovoj de la dio de l' tondroj iom malsulkiĝis kaj la teruraj fulmoj erarantaj antaŭ liaj okuloj, paliĝis. Kiam li ekparolis, lia voĉo similis la silentiĝantan tondron.

"Vi plaĉas al mi, amanto de ĉiela Egerio. Estas domaĝe lasi vin en malriĉa kaj turmentata Romo. Leviĝu kaj iru en la landon de etruskoj. Tie la kampoj estas fruktodonaj kaj la ĝardenoj estas riĉaj; en la marmoraj palacoj sonoras luksaj festenoj kaj en la sanktejoj staras monumentoj de grandaj homoj. Mi ordonos, ke vi estu reĝo de potencaj kaj feliĉaj etruskoj. Via vivo fluos en la ĝuo, kaj la manoj de majstro skulptos monumenton por vi kaj lokos ĝin sur plej altan supron."

Numa levis sian petegantan vizaĝon de la herboj, kovritaj de la roso kaj respondis per demando:

"여기 바로 저입니다. 제가 백성의 지도자가 되었습니다. 제가 그들 중 가장 위대한 사람입니다."

"그럼, 누마야, 내 바람을 바꾸겠다. 로마인 중 가장 낮은 자 중에, 가장 낮은 자의 생명을 바치게."

"여기 바로 저입니다. 제가 모든 백성을 섬기니, 제가 모든 사람의 종이며, 가장 낮은 자보다 낮습니다."

천둥의 신 주피터는 자신의 눈썹을 살짝 찌푸렸고, 그의 눈앞에서 길을 잃은, 무시무시한 번개가 번쩍이고 창백해졌다. 그가 말을 시작했을 때, 그의 목소리는 고요해지는 천둥과 같았다.

"천상의 에게리아[17]의 연인인 나는 자네가 맘에 드네, 가난하고 고통받는 로마에 자네를 남겨두는 것은 부끄러운 일이네. 일어나, 에트루리아 땅으로 가게. 그곳 들판은 열매를 맺기에 좋고, 정원은 풍성하며, 대리석 궁전에는 호화로운 잔치가 펼쳐지고, 성소마다 위대한 사람들의 기념비가 세워질 것이다. 내가 자네에게 명하노니, 자네를 강하고 행복한 에트루리아 사람들의 왕이 될 것이다. 자네 생명은 즐거움으로 흘러갈 것이며, 주인의 손이 자네를 위해 기념비를 세겨 가장 높은 꼭대기에 놓을 것이다."

누마는 이슬이 내린 풀밭에서 애원하는 얼굴을 들고, 질문을 하며 대답했다.

---

17) *역주: Egeria(라틴어로 Egeria, Aegeria)는 고대 로마에서 샘과 호수의 여신(요정)이었다. 신화에서 그녀는 누모 폼필리우스 왕의 연인이자 동반자 역할을 했다. 그 폼필리우스 왕이 죽은 후, 에게리우스는 슬픔에 잠겨 부패했고, 다이애나 여신은 그녀를 샘으로 만들었다. 많은 샘과 호수가 에게리아에게 봉헌되었다.

"Sed ili, Sinjoro?"

"Vi ankoraŭ pensas pri ili. Mi do ne sendos vin al etruskoj, sed prenos en mian ĉielon. Jen etendiĝas al vi la flugilo de mia aglo. Ĝi estas larĝa kaj mola. Metu sur ĝin viajn membrojn, lacajn pro la tera laboro, kaj sur la delikataj ondoj de l' aero flugu en la spacon de l' senmorta feliĉo!"

Numa ree demandis:
"Sed ili, Sinjoro? Sed miaj romanoj?"

"Vi ankoraŭ pensas pri ili! Pensu pri via Egerio! Ŝi estas ĉielanino, kaj vi, filo de la tero. Sole sekrete kaj malofte vi povas vidi ŝin apud la bordo de l' rivereto, kiu fariĝis el ŝiaj larmoj. Via morto tranĉos la fadenon de via amo. Vi ne vidos ŝin en malluma Erebo, kaj por ŝi mia Olimpo fariĝos malluma Erebo. Jen mi sendas el mia arko fulmon; kaptu en viajn manojn la fajran rubandon, ĝi alportos vin al Egerio kaj al la eterna feliĉo."

La malsekaj herboj tremis sub longa ĝemo de Numa, sed levante sian vizaĝon de l' tero, li rediris:
"Sed ili, Sinjoro, sed ili? Sed ili?"

Estingiĝis la fulmo, tuj rapidonta el la arko de Jupitero, kunmetiĝis la flugilo de la aglo.

"그런데, 신이시여, 그럼 로마사람들은 어떻게 합니까?"

"자네는 온통 그 로마사람들 생각뿐이구나. 그럼, 나는 자네를 에트루리아인에게 보내는 대신, 나의 천국으로 데려갈 것이다. 여기 내 독수리 날개를 자네에게 펼칠 테니. 이 날개는 넓고 부드럽다. 이 땅의 일로 피로에 지친 자네 팔다리를 이 날개에 올려놓게. 공중의 섬세한 파도를 타고 불멸의, 행복의 공간으로 날아가게 하매!"

누마가 다시 물었다.

"그런데 저 로마시민들은요, 신이시여? 그런데 제 로마시민들은요?"

"자네는 여전히 오로지 그 사람들 생각뿐이구나. 자네의 님프 에게리아를 생각하렴! 그 천사는 선녀이고, 자네는 이 땅의 아들이니. 자네는 그 천사의 눈물로 이루어진 강둑에서 그녀를 은밀하고 드물게만 볼 수 있을 거네. 자네 죽음은 자네 사랑의 실을 끊을 거네. 자네는 그녀를 어두운 에레보스Erebo에서 볼 수 없을 것이며, 그 천사를 위해 나의 올림포스Olimpo는 어두운 에레보스가 될 걸세. 자, 이제 내가 내 활로 번개를 보낼 터이니, 자네는 불의 리본을 손에 잡게나. 그 리본이 자네를 님프 에게리아에게 또 영원한 행복으로 데려다 줄 걸세."

누마의 긴 한숨에 젖은 풀이 덜덜 떨었다. 하지만, 누마는 땅에서 얼굴을 들어 다시 말했다.

"하지만 주님, 저 시민들은요 그런데 저 시민들은요? 하지만 저 시민들은요?"

주피터 신의 화살에서 곧장 돌진하려는 번개가 꺼지고 독수리 날개도 접혔다.

Sur la potencaj ŝultroj de Jupitero la haroj ondis pli kaj pli delikate, kaj en la voĉo de l' kolera dio aŭdiĝis favoraj sonoj, kiam li diris:

"Faru, Numa, ke en via Romo fluu rivero da tia amo, kia la via, kaj mi ligos ĉiujn sagojn en mia sagujo!"

Kaŝiĝis la ĉiela apero. En la sankta arbareto restis Numa kun vizaĝo sur la tero. En la nokta mallumo la herboj tremis sub liaj ĝemoj, malsekiĝis pro la roso de liaj larmoj.

"Kiel mi tion faros, Sinjoro de l' mondo? Kiel mi povas fari tion?"

주피터 신의 강력한 어깨 위에서 머리카락은 점점 더 섬세하게 흔들렸고, 지금까지 분노한 신의 목소리에는, 그가 다음과 같이 말할 때, 호의적인 소리가 들렸다.

"누마여, 자네 로마에도 자네가 가진 똑같은 사랑의 강이 흐르도록 하게. 그러면 나는 모든 화살을 내 화살 통에 묶어 놓을 걸세!"

천상의 발현이 숨겨졌다.

신성한 숲에서 누마는 얼굴을 땅에 대고 그대로 있었다.

밤의 어둠 속에서 풀들은 그의 신음에 떨렸고, 그의 눈물 어린 이슬에 젖었다.

"세상을 주관하시는 대왕님, 제가 그걸 어떻게 해야 합니까? 어떻게 그걸 할 수 있습니까?" (끝)

서평

<Senvualigo de falsa bonfarado, kiu igas la helpatojn simplaj ludiloj.>
도움을 받는 이를 단순 장난감으로 여기는 거짓 자선의 폭로.
_UEA Katalogo-

Kabe가 에스페란토로 번역한 폴란드 문학 고전 작품.
어느 소도시 시골에 사는 부유한 과부 에벨리노. 아이가 없이 사는 그녀는 고아를 데려오지만….
　-일본에스페란토학회(JEI)-

"섬세한 감성을 지닌 저자는 이미 우리 에스페란티스토계에 자멘호프L. L. Zamenhof가 번역한 장편소설 『마르타Marta』를 통해 잘 알려져 있습니다. 이번 소설 『선한 부인 La Bona Sinjorino』에서는 지루한 자신의 삶을 자선으로 채우려고 가난한 소녀를 입양하고, 교육하고, 즐겁게 해주지만, 조금씩 그녀를 장난감으로, 호화 오락물로 이용하는, 자기 아이가 없는 부유한 여성 이야기입니다. 이 여성은 그 소녀를 자긍심을 갖게 하지만, 그 소녀를 자신이 더욱 낯설게 대하고는, 심지어 그 소녀에게 싫증나서는 그 소녀를 처음에는 더 나은 사회적 위치로 키우고 싶었던 그 귀여운 소녀를 결국에는 밀어냅니다.
탁월한 번역가 카베Kabe의 번역작입니다."
　— 블라스 박사. 오스트리아 에스페란티스트 No.043(1928년 5월) (자료출처: https://eo.wikipedia.org/wiki/Bona_Sinjorino)

우리말 역자의 후기

하얀 꽃 찔레꽃 순박한 꽃 찔레꽃
별처럼 슬픈 찔레꽃 달처럼 서러운 찔레꽃
찔레꽃 향기는 너무 슬퍼요
그래서 울었지 목놓아 울었지.
  - 가수 장사익 <찔레꽃 > 중에서

 2024년 새해 들어, 폴란드 작가 오제슈코바의 여러 단편 작품을 읽으면서 이 작가의 명작 『선한 부인Bona Sinjorino』를 두 번째로 소개합니다.

 이 작가는 늘 폴란드 사회의 가장 취약한 곳을 선정해, 이를 작품에 반영하여, 작품을 읽는 이로 하여금 뭔가 깊이 생각할 기회를 주고 있습니다.

 이 작품은 남편을 여읜 여인이 자선 활동 중 고아를 데려와, 기르는 과정을 세밀하게 다룬 작품으로, 아동 교육과 탁아, 육아의 문제를 다루고 있습니다.

 역자는 맨 처음 오제슈코바의 장편소설 『마르타 Marta』(산지니 출판사, 2016년) 라는 작품을 읽으면서, 19세기 후반의 근대 폴란드 여성의 삶이 얼마나 어려운 환경에 있었는지를 잘 알게 되었습니다. 이후로 역자는 우리 주변에서 만나는, 자녀를 둔 여성 독자들의 일상의 관심사도 자주 또 유심히 듣고 있습니다. 그분들과의 대화를 통해서 우리 사회에서도 여성의 보편적인 기초 교육, 및 직업 인식 및 직업교육의 필요성 및 개인 삶의 접근 방식에 대한 이해와 지혜가 필요함을 자주 듣게 됩니다.

 그런 이해의 바탕이 되는 것이 독서가 아닌가 생각합니다.

 카지미에시 베인(Kazimierz Bein)이라는 탁월한 번역가의 『선한 부인 Bona Sinjorino』을 번역을 통해 읽은 원작은 작가 오제슈코바가 1888년 발간한 단편소설집 『Panna Antonina』

속에 실려 있고, 폴란드 문학에서도 고전 작품으로 널리 알려져 있습니다. 오늘날도 폴란드어로 된 원작은 인터넷에서 구해 읽을 수 있을 정도로 폴란드 독자들이 좋아하는 작품입니다.

부록처럼, 카지미에시 베인(Kazimierz Bein)이 번역한, 같은 작가의 아주 짧은 소설 『전설 Legendo』은 작가의 관심이 그리스 로마 신화에도 가 있음을 볼 수 있는 기회라 생각되어, 함께 묶었습니다.

오제슈코바 작가의 작품은 한국인 독자에게 무슨 메시지를 던지고 있는지요? 독자들은 이 작가의 작품을 통해 자신의 삶에 뭔가 도움이 되었을까요?

혹시 이 작품의 독후감을 보내시려는 독자가 있다면, 역자 이메일(suflora@daum.net)로 보내주시면, 기꺼이 읽겠습니다.

역자의 번역 작업을 옆에서 묵묵히 지켜주는 가족에게 감사하며, 오제슈코바 작가의 다른 단편 작품들- 『중단된 멜로디』, 『A...B...C』 -도 연이어 소개하는 진달래출판사에도 고마움을 전합니다.

-2024년 3월 3일 밤....

동백꽃이 피고 지는 쇠미산 자락에서... 장정렬 씀

편집실에서

2024년 3월 『중단된 멜로디』에 이어 엘리자 오제슈코바의 단편소설 두 편을 모아 『선한 부인 & 전설』을 출판하게 되어 너무 기쁩니다.

장정렬 번역가님의 헌신적인 수고에 감사를 드릴 뿐입니다. 에스페란토 홍보와 문화 사업을 위해 2020년 세운 진달래 출판사가 114권째를 출간합니다. 다품종 소량 인쇄라는 개념으로 시작하여 에스페란토를 배우는 우리나라 사람들에게 학습에 도움이 되기를 바라며 다양한 학습서와 읽기 쉬운 책들을 선보이고 있습니다.

〈선한 부인〉과 〈전설〉은 노벨문학상 후보에 오른 바 있는 폴란드의 엘리자 오제슈코바가 쓴 단편 소설이며 Kazimierz Bein (에스페란토 필명 Kabe)이 번역한 작품입니다.

〈선한 부인〉은 1909년 〈Möller & Borel〉 사의 국제 에스페란토 도서관 시리즈로 출판되었고, 나중에 1924년판이 〈Ellersiek & Borel〉사에서, 1979년 바르샤바에서 폴란드에스페란토협회가 3판을 출간했습니다. 2016년 〈Fonto〉 사에서 재출간했습니다.

〈전설〉은 [초판]이 Pola Antologio(Paĝoj 44-46.)에 1909년 실렸고 [재판]은 La lanternisto(Paĝoj 110-112.)에 1938년 실렸습니다.

이번에 두 작품을 쪽별로 실어 에스페란토와 한글을 번갈아 보면서 읽기에 편하도록 꾀하였으니, 이 책을 통해 에스페란토 학습에 도움이 되길 바랍니다. 독자여러분께 감사드립니다.

- 진달래 출판사 대표 오태영

[진달래 출판사 간행목록]

율리안 모데스트의 에스페란토 원작 소설
- 에한대역본
『바다별』(단편 소설집, 오태영 옮김)
『사랑과 증오』(추리 소설, 오태영 옮김)
『꿈의 사냥꾼』(단편 소설집, 오태영 옮김)
『내 목소리를 잊지 마세요』(애정 소설, 오태영 옮김)
『살인경고』(추리소설, 오태영 옮김)
『상어와 함께 춤을』(단편 소설집, 오태영 옮김)
『수수께끼의 보물』(청소년 모험소설, 오태영 옮김)
『고요한 아침』(추리소설, 오태영 옮김)
『공원에서의 살인』(추리소설, 오태영 옮김)
『철(鐵) 새』(단편 소설집, 오태영 옮김)
『인생의 오솔길을 지나』(장편소설, 오태영 옮김)
『5월 비』(장편소설, 오태영 옮김)
『브라운 박사는 우리 안에 산다』(희곡집, 오태영 옮김)
『신비로운 빛』(단편 소설집, 오태영 옮김)
『살인자를 찾지 마라』(추리소설, 오태영 옮김)
『황금의 포세이돈』(장편 소설집, 오태영 옮김)
『세기의 발명』(희곡집, 오태영 옮김)
『꿈속에서 헤매기』(단편 소설집, 오태영 옮김)
『욤보르와 미키의 모험』(동화책, 장정렬 옮김)

- 한글본

『상어와 함께 춤을 추는 철새』(단편소설집, 오태영 옮김)

『바다별에서 꿈의 사냥꾼을 만나다』(단편집, 오태영 옮김)

『바다별』(단편소설집, 오태영 옮김)

『꿈의 사냥꾼』(단편소설집, 오태영 옮김)

클로드 피롱의 에스페란토 원작 소설

- 에한대역본

『게르다가 사라졌다』(추리소설, 오태영 옮김)

『백작 부인의 납치』(추리소설, 오태영 옮김)

장정렬 번역가의 에스페란토 번역서

- 에한대역본

『파드마, 갠지스 강가의 어린 무용수』(Tibor Sekelj 지음)

『테무친 대초원의 아들』(Tibor Sekelj 지음)

『대통령의 방문』(예지 자비에이스키 지음)

『국제어 에스페란토』(D-ro Esperanto 지음, 이영구. 장정렬 공역, 진달래 출판사, 2021년)

『황금 화살』(ELEK BENEDEK 지음)

『알기쉽도록 〈육조단경〉 에스페란토-한글풀이로 읽다』(혜능 지음, 왕숭방 에스페란토 옮김, 장정렬 에스페란토에서 옮김)

『침실에서 들려주는 이야기』(Antoaneta Klobučar 지음, Davor Klobučar 에스페란토 역)

『공포의 삼 남매』(Antoaneta Klobuĉar 지음, Davor Klobuĉar 에스페란토 역)

『우리 할머니의 동화』(Hasan Jakub Hasan 지음)

『얌부르그에는 총성이 울리지 않는다』(Mikaelo Brostejn)

『청년운동의 전설』(Mikaelo Brostejn 지음)

『푸른 가슴에 희망을』(Julio Baghy 지음)

『반려 고양이 플로로』(크리스티나 코즈로브스카 지음, 페트로 팔리보다 에스페란토 옮김)

『민영화도시 고블린스크』(Mikaelo Brostejn 지음)

『마술사』(크리스티나 코즈로브스카 지음, 페트로 팔리보다 에스페란토 옮김)

『세계인과 함께 읽는 님의 침묵』(한용운 지음)

『세계인과 함께 읽는 윤동주시집』(윤동주 지음)

- 한글본

『크로아티아 전쟁체험기』(Spomenka Ŝtimec 지음)

『희생자』(Julio Baghy 지음)

『피어린 땅에서』(Julio Baghy 지음)

『사랑과 죽음의 마지막 다리에 선 유럽 배우 틸라』
  (Spomenka Ŝtimec 지음)

『상징주의 화가 호들러의 삶을 뒤쫓아』(Spomenka Ŝtimec 지음)

『무엇때문에』(Friedrich Wilhelm ELLERSIE 지음)

『밤은 천천히 흐른다』(이스트반 네메레 지음)

『살모사들의 둥지』(이스트반 네메레 지음)

『메타 스텔라에서 테라를 찾아 항해하다』(이스트반 네메레)

『파드마, 갠지스 강의 무용수』(Tibor Sekelj 지음)

『대초원의 황제 테무친』(Tibor Sekelj 지음)

이낙기 번역가의 에스페란토 번역서
- 에한대역본

『오가이 단편선집』(모리 오가이 지음, 데루오 미카미 외 3인 에스페란토 옮김)

『체르노빌1, 2』(유리 셰르바크 지음)

기타 에스페란토 관련 책(에한대역본)

『에스페란토 직독직해 어린 왕자』(생 텍쥐페리 지음, 피에르 들레르 에스페란토 옮김, 오태영 옮김)

『에스페란토와 함께 읽는 이방인』(알베르 카뮈 지음, 미셸 뒤 고니나즈 에스페란토 옮김, 오태영 옮김)

『자멘호프 연설문집』(자멘호프 지음, 이현희 옮김)

『에스페란토와 함께 읽는 논어』(공자 지음, 왕숭방 에스페란토 옮김, 오태영 에스페란토에서 옮김)

『우리 주 예수의 삶』(찰스 디킨스 지음, 몬태규 버틀러 에스페란토 옮김, 오태영 에스페란토에서 옮김)

『진실의 힘』(아디 지음, 오태영 옮김)

『자멘호프의 삶』(에드몽 브리바 지음, 정종휴 옮김)

- 한글본

『안서 김억과 함께하는 에스페란토 수업』(오태영 지음)

『에스페란토의 아버지 자멘호프』(이토 사부로, 장인자 옮김)

『사는 것은 위험하다』(이스트반 네메레 지음, 박미홍 옮김)

『자멘호프 에스페란토의 창안자』(마조리 볼튼, 정원조 옮김)

- 에스페란토본

『Pro kio』(Friedrich Wilhelm ELLERSIE 지음)

『Enteru sopirantan kanton al la koro』(오태영 지음)

『Kumeŭaŭa, la filo de la ĝangalo』(Tibor Sekelj 지음)

- 박기완 박사가 번역하고 해설한 에스페란토의 고전

『처음 에스페란토』(루도비코 라자로 자멘호프 지음)

『에스페란토 규범』(루도비코 라자로 자멘호프 지음)

『에스페란토 문답집』(루도비코 라자로 자멘호프 지음)